放送室はタイムマシンにならない

第一章

タイムトラベルの手順は簡単だ。放送室のマイクに向かって、行きたい時を宣言すればいい。それが放送部の伝説だが、さすがに、誰も実行はしない。

円佳《まどか》が放送部に入部したばかりのころ、部長の涼子《りょうこ》が、その伝説とともに話してくれたことがあった。

「タイムトラベルができるなら、私は未来に行きたいの」

放送原稿を書き終えたほかの部員たちは、次々に帰ってしまっていた。だから放送室には、下校放送のために下校時刻まで時間を持て余す涼子と、涼子に引き留められ、なんとなく話に付き合うことになった円佳の二人だけが残っていた。涼子とは中学の放送部でも一緒だったから、円佳なら話を聞いてくれると思われたのかもしれない。

未来、と円佳が繰り返すと、そう、と涼子は得意げにうなずいた。

「どこの大学に入学するのか、どんな仕事に就くのか、どんな人と結婚するのか、子どもは何人いるのか。全部知りたい」

知らないと怖いのだと、涼子は言った。

「怖いって、どういうことですか」

円佳の問いに、涼子は適切な説明を探しだそうとするように首を傾け、ゆっくりと口を開いた。

「たとえば映画、特にサスペンスかな。初めて観る時って、次になにが起こるかわからなくて、はらはらするでしょう？　だけど結末を知った二回目なら、安心して観ていられるでしょ。私は、自分の人生の展開も先に知っておきたいの」

当落を知ったくじみたいなもの。勝敗を知った試合みたいなもの。それなら心の準備ができて、怖さもあまり感じずに済む。

「だから私は、タイムマシンで未来に行って、自分の将来を全部確認したい」

「……なるほど」

うなずきかけたけれど、円佳は途中で首の動きを止めた。確かに涼子の言う通り、先の見えない未来は怖い。だけど人生は映画とは違って、自分の意思で進めないといけない。たとえ展開を知っていたって、思い通りに進まずに不安や恐怖を感じることもあるんじゃないか。

そう考えてはみたものの、口に出すことはしなかった。涼子だって、本気で伝説を信じているわけではないだろう。あくまで空想の話なのに、そこへ現実的な意見を挟むのは、かえって子どもっぽい。むしろ円佳は、タイムマシンの使い方をはっきりと宣言できる涼子に、羨《うらや》ましさを抱いた。

それから半年が経った今でも、涼子を羨ましいと思う。円佳には、涼子のような確認したい未来も、やり直したい過去も、特に思いつかない。

「今日の下校放送、円佳ちゃんだよね」

下校時刻が近づいて、かばんを肩にかけた涼子が椅子から立ち上がった。金曜日は円佳の担当だ。

扉に向かいかけていた涼子が、あ、と声を漏らし、円佳のほうに体を翻《ひるがえ》す。

「そういえば、放送部に入ってくれそうな子って、いた？」

「すみません、今のところはまだ誰も」

「ううん、ありがと。廃部間近の部活に入る物好きなんていないかなとは、私も思っちゃってるんだよね」

放送部は、近いうちに廃部になるかもしれない。理由は単純で、現在この高校には放送部と放送委員会が共存しているから。仮創設された放送部が活動停止になった時、代わりに放送委員会が設置されたせいらしい。数年前の生徒が放送部を復活させたものの、いまだに部員数が増えないから、このままだと放送委員会に取りこまれる形になるようだ。部と委員会の仕事内容は、大きくは変わらない。

「それじゃあ、放送よろしく」

はらりと手を振って放送室のドアを開く涼子の背中に、お疲れさまでした、と声をかけた。

下校放送の担当ではない部員は、たいてい、昼休みの放送の準備を終え次第帰ってしまう。だから涼子が出ていくと、放送室に残るのは円佳一人だ。

円佳は放送ブースに入り、放送機器の前に二脚並んだパイプ椅子の一つに腰かけた。原稿を小さく読み上げて確認しながら、左手首の腕時計を見る。高校受験のために買ったシンプルなものだけれど、電波時計なので狂わない。

マイクの電源を入れて、音量バーを上げた。ブースで一人この動作をする度、円佳の頭には、半年前に涼子から見せてもらった一枚の紙が浮かぶ。十一年前の放送部員が書いたらしい、タイムトラベルの手順が書かれたA4用紙だ。

〈タイムトラベルの手順〉

一、マイクの電源を入れ、音量バーを上げる。

二、行きたい時を全校に向かってお知らせする。

以上！

二〇××年一月八日　放送部

その紙は、放送ブース内の棚に並んでいたファイルの一つにこっそりと挟まれていたという。涼子に見つけられなかったら、この伝説はさらに何年も眠り続けていたに違いなかった。

腕時計が六時ちょうどを指す。同時に、小さく息を吸う。

『下校時刻になりました。校舎に残っている生徒は速やかに帰宅しましょう。演劇部からのお知らせです。明後日の日曜日、市民ホールで三年生の卒業公演を行います。午後二時開場、二時半開演です。興味のある方はぜひ、市民ホールに足を運んでみてください。繰り返します――』

マイクのボリュームを下げ、ＣＤを再生する。下校時には毎日ショパンの『別れの曲』を流すので、このＣＤは常にプレイヤーにセットされたままだ。曲を最後まで聴いてから、放送機器の電源を切った。原稿の内容を見返す。演劇部の公演。日曜日。午後二時。市民ホール。頭の中にメモをした。

来年から小学生になる弟の航太《こうた》は、まだ九月だというのに、サンタクロースにお願いするプレゼントを考えている。

「このベルトがあればね、かっこよく変身できるんだよ」

ショッピングセンター内のおもちゃ屋さんで、変身ポーズの実演をしてくれる。今にも本当に正義のヒーローに変身して、飛び立ってしまいそうな勢いだ。

「クリスマスまで我慢できる?」

航太がそのベルトをほしくてたまらないことは伝わったけれど、円佳が買ってあげられるような値段ではないので、サンタに頼るしかない。

「うん。だからそれまでいい子でいるんだ」

いい子の航太は、名残を惜しみながらもベルトを棚に戻した。航太が腰に当てている時は、派手な光や音を発して存在感をみなぎらせていたのに、〈見本用〉と記された棚に大人しく収まってしまうと、このベルトがただのおもちゃでしかないことを思い知らされる。

二時が迫っていたので、ショッピングセンターを出た。そこから歩いて行ける距離にある市民ホールの入り口前には、すでに開場を待つ生徒の列ができていた。三年生の卒業公演だからか、前回の夏公演より人が多い。保護者の姿もたくさんある。

「しばらく静かにしてなきゃいけないけど、大丈夫だよね」

列の最後尾に並びながら、航太に声をかけた。ちょうど扉が開いたようで、列はじりじりと前に進む。

「うん、大丈夫」

航太は頼もしくうなずいてくれた。

列の中に、航太くらいの年齢の子は、ほかに見当たらない。円佳たちの父親は今年の四月から単身赴任していて、母親の仕事は土日が休みではないことが多い。だから、保育園がお休みの日曜日は、円佳と航太の二人で過ごす。円佳が外出する時は、航太にも付き合ってもらわないといけない。

ホールに着いたのが開場時刻ちょうどだったので、座れたのは後方の席だった。とはいえこのホールは広すぎず、後ろからでも充分よく見える。

「まだ始まらないの？」

航太が円佳の腕をつついた。開場時刻と開演時刻には、三十分の時間差がある。

「長い針が6のところに来たら始まるよ」

腕時計を航太に見せる。あと二十分ほど。円佳一人なら会場入り口でもらったパンフレットを見て過ごせるけれど、漢字の読めない航太にそれを強いるのは難しい。

開演までは二人でしりとりをすることにしつつ、航太が次の単語を考えている間、円佳はパンフレットの文字を追いかけた。三年生の部員にとっては、今回が最後の公演だ。主演のみならず演者は三年生ばかり。放送部と違って演劇部は大所帯だから、人材が豊富なのだろう。

次のページでは、裏方の部員が紹介されている。大道具を担当する生徒の欄に、〈片瀬颯哉《かたせそうや》（一年）〉の名前を見つけた。

毎週金曜日の昼休み、円佳は颯哉と放送をしている。放送部員としてではなく、放送委員として。全生徒がいずれかの委員会に所属しなければならず、円佳は放送委員会を選んだ。放送部と放送委員会は、どちらも昼休みの放送が仕事だ。大事なお知らせをするのが放送委員会で、部員が自由な放送をするのが放送部。円佳はどちらも担当曜日が同じなので、両立しやすい。

お待たせしました、とアナウンスが入った。その澄んだ声は涼子のものだと、すぐにわかる。演劇部から、開演前のアナウンスを依頼されていたのだ。涼子はよく、ほかの部から助っ人を頼まれる。

円佳が中学で放送部に入ったのも、涼子の影響だった。中一の四月、放課後の部活動見学の時間、早々にテニス部への入部を決めた友達が先に帰ってしまったので、円佳は一人で各部室をまわっていた。全部見学しきらないうちに下校時刻を迎えたらしく、スピーカーから下校放送が流れ始めた。

何気ない、普通の下校放送だったのに、円佳はスピーカーの下で立ち尽くし、彼女の声に聞き入ってしまった。そこに隙間があることすら知らなかったほどのささいな心の隙に、涼子の声が満ちていく感じ。その声に宿る繊細さに心を奪われた。次の日の放課後、真っ先に放送部の見学に行って、入部を決めた。放送にというよりは、涼子の声そのものに惹《ひ》かれたのだ。だから高校でも、涼子のいる放送部に入った。

公演中の注意事項を呼びかける涼子の落ち着いた声を聞きながら、ゆるりと続いていたしりとりを、円佳のターンで「みかん」で終わらせる。

「航太の勝ち。強くなったね」

「でしょ？　保育園でも、誰にも負けないんだよ」

得意げな航太の微笑ましさに、つい頬を緩める。

やがて『それでは、最後までお楽しみください』という涼子の言葉を合図に、幕が開き始めた。少しずつ正体をあらわにしていく舞台上の世界に、航太は期待に満ちた視線を向けた。

水島《みずしま》さん、と呼ばれて、円佳は放送原稿に落としていた視線を上げた。颯哉を見る。

「先週の公演って、来てくれましたか」

昼休みの放送で、放送委員会が生徒から募集したリクエスト曲を流す間、円佳と颯哉はいつも私語をしている。

「行きましたよ」

「どうでした」

颯哉の瞳が緊張の色を帯びた。円佳はその緊張をほどけるよう、市民ホールの舞台に演劇部員たちが創り上げた世界のことを思い出しながら伝える。

「さすが三年生だなって思いました。時間を忘れて引きこまれちゃいました。すごく格好よかったです」

経験を積んだ三年生の演技は、さすがと言うほかなかった。台詞を聞き漏らさないようじっと耳を傾けているうちに、心を奪われてしまう。現実で口にするにはちょっとくさいだろう台詞も、あの照明の当たる特別な舞台の上ならすべてが許された。

「ありがとうございます、先輩にも伝えておきます」

颯哉はほっとした様子で頬を緩めた。

円佳と颯哉は二人とも一年生だけど、お互いに敬語で話してしまう。四月に行われた初回の委員会で、くじ引きの結果同じ曜日を担当することになって以来、なんとなくずっとそのままだった。そのことをどちらも指摘しないうちに、いつのまにか半年も経つ。

お知らせし終えた今日の放送原稿をとんとんと揃えながら、颯哉が独り言のようにつぶやいた。

「格好いいって、実はすごく難しいんですよね。自分が思う格好よさと、他人が思う格好よさって違うし、同じことをしたとしても、どこをどう見せるかによっても変わってくる。僕はまだ、格好いいってなんなのかを、摑《つか》めずにいるんです」

颯哉の瞳は、公演の感想を問うた時の緊張のかたさとは反対に、揺らいでいた。颯哉はよほど暑い日以外、カッターシャツのボタンを一番上まで留める。危ういくらいに真面目な人だった。

「片瀬くんも、充分格好いいと思いますよ」

円佳の言葉に、どこがですかと笑みを浮かべながら、颯哉は椅子に腰かけた自分の全身を見下ろす。その長い手足を、彼は持て余しているように見えた。

「私、保育園児の弟がいるんです。彼らにとって、コウコウセイってそれだけで憧れで、めちゃくちゃ格好いい生き物なんですよ」

航太はたぶん、コウコウセイなら世界中に平和をもたらすこともできると思っている。ベルトで変身して、この世の悪者をみんなやっつけて、すべての人を幸せにすることだってできると、信じている。

「片瀬くんもコウコウセイだから、弟にとっては充分格好いいんです」

なるほど、と颯哉は苦笑した。

「僕もその年頃はそんなふうだった気がします」

颯哉は自分の過去を懐かしむようにはにかんだ。

「まだ保育園ってことは、何歳差になるんですか」

「ちょうど十歳です」

「そうか、じゃあ、十年前の僕らの感覚なんですかね」

そうですね、と答えながら、円佳も十年くらい前までは、コウコウセイってもっと大人で、自由なものだと信じていたことを思い出す。実際に高校生をやっている今、そんな漠然と夢見ていた未来予想図は的外れだったことを知った。それでも航太にとっては、円佳もちゃんとコウコウセイに見えているのだろう。

「僕は、歳の離れた従兄《いとこ》のことを無敵だと思っていました」

無敵、という現実離れした言葉がいじらしくて、円佳は頬を緩ませながらうなずく。

「従兄はこの高校の演劇部出身で。それで僕も演劇部に入部したんです」

「そうなんですね」

自ら進んで表舞台に立つより、人の裏側で黙々と働いていそうなイメージのある颯哉が演劇部を選んだ理由を、円佳は初めて耳にした。

「やっぱり活躍してたんですか」

歳の離れた従弟に、同じ部活に入りたいと思わせるのだから、きっとそうなのだろうと思った。

颯哉は力強くうなずいた。

「とても。だから、僕は従兄に憧れてました」

流していた音楽が終わる。颯哉は自然な動作でマイクの音量を上げ、『三曲目は――』とお知らせし、放送機器にコードを繋いだスマホから曲を流し始めた。すっかり手慣れた様子だ。緊張で噛み倒していた四月が嘘みたいだった。

その慣れた動作のあと、颯哉は円佳のほうを向いて口を開いた。マイクを通さずに発された彼の言葉は、明るく弾むイントロが満ちていく放送ブースから、すっかり浮いてしまった。

「でも、憧れの従兄はいなくなったんです」

いなくなったって、どういうことですか。

反射的に生まれたその質問は、円佳の喉の奥で渦を巻くだけで、口には出せなかった。穏やかでない答えが返ってくるのではないかと、怖かった。

「従兄がどこでなにをしているかは、わかってるんですけどね」

けれど颯哉は、いつもの温和な調子で言った。ほっとして、こわばっていた円佳の表情が緩む。

「だけど会いにはいけないんですよ。僕、たぶん、従兄に疎《うと》まれてるんです。伯父と伯母からは、そんなことないって言われるんですけど」

一つ一つ言葉を置いていくみたいに、いつものように丁寧に話す。

いつもの調子で、いつものように。それなのに、颯哉のどこか触れがたい一部分が、深く沈んでいるように聞こえた。

「僕、従兄に対して後悔していることがあるんです」

その言葉の続きを予想できてしまうのは、円佳も、その伝説を信じたいと思っているからだろうか。

「僕は、このタイムマシンで過去に戻りたいです」

放送室の伝説のことは、世間話の一つとして何気なく颯哉に話したことがあった。

まだ一緒に放送をするようになったばかりで、会話の種を見つけるのにも苦戦していたころ。こんな伝説があるらしいですよ、と、例のタイムトラベルの手順が書かれた紙を見せてみた。彼が興味を示さないようなら、その話はすぐに引き返すつもりだった。

「すごいですね、タイムマシンなんてSFの世界だけかと思ってました」

颯哉は、あっさりと受け入れた。

「この放送室って、そんな力があったんですね」

本気で信じたわけではないだろう。ただ、けなしたり馬鹿にしたりせず、伝説を伝説として、受け入れてくれた。

クラスメイトに部活を問われて放送部だと答える時、ほかに適当な話題がないのもあって、円佳は何度か放送部の伝説の話をした。だけど、誰もそんな話を覚えてはいないだろう。放送部の伝説に興味を持ってくれたのは颯哉くらいだ。

「水島さんは、タイムマシンを使いたいとは思わないんですか」

もうすぐ曲が終わるというのに、颯哉に尋ねられる。そうですね、と、なんの意味も持たない相槌《あいづち》を口先で転がしながら、少し時間を稼ぐ。改めて考えてみたけれど、やっぱりなにも思いつかなかった。

「特には、思わないです」

涼子が言うような確認したい未来も、颯哉が言うようなやり直したい過去も、円佳にはない。円佳はただ、そんな伝説を、安全なところから眺めていたいだけだ。

曲が終わる。今日はこれが最後のリクエスト曲なので、あとは円佳が放送部員としての放送をするだけだ。委員の仕事は終わったので、颯哉は教室へ帰る。

「お疲れさまでした」

そう声をかけたのだけれど、颯哉は椅子から立ち上がらなかった。代わりに、あの、と小さく口を開いた。

「水島さんの放送が終わるまで、待っていてもいいですか。もう少し話したいことがあるので」

颯哉の真剣な面持ちに、いったいどんな重大な話だろうと疑問と不安を抱いたけれど、すぐに放送を続けなければならない。ひとまず「わかりました」と答えて、マイクに向かった。昨日の部活で書き上げた原稿を手にし、マイクのボリュームを上げる。

『今日は九月十八日です――』

円佳は毎週、日付にまつわる豆知識を放送することにしている。昼休みはほとんどの生徒が談笑しながらお弁当を食べているので、誰も放送部の放送内容をじっくり聞いてはいないだろう。だから気楽に、自分の話したいことを気ままに話す。

放送機器の電源を切ってから、待たせてしまっていた颯哉に向き直った。

「話ってなんでしょうか」

「聞きたいことがあるんです」

颯哉の声色は深刻な響きを湛《たた》えていて、円佳は身構えて言葉の続きを待つ。

「タイムマシンの伝説がどうして生まれたのかって、知っていますか」

大真面目な顔でそんなことを言うから、思わず拍子抜けしてしまった。が、知らないものはどうしようもないので、正直に謝るしかなかった。

「すみません、まったく知らないです」

円佳の答えは想定内だったらしく、颯哉はすぐに質問を重ねた。

「それじゃ、誰か知っていそうな人はいますか」

伝説のことを知っていそうな人と考えて、円佳にはすぐに思い浮かぶ人物がいた。

「放送部の先輩に、最初にこの伝説を見つけた人がいます。知っているとしたら彼女しかいないかと」

伝説が生まれた理由なんて、知ってどうするのだろうか。それに、いつもあっさりしていて物事を深く追究しない颯哉が、伝説の発端を探ろうとするなんて、珍しいことのように思う。

けれど、「その人に聞いてみてもらえませんか」と勢いこんだ颯哉を前にして、いくつも浮かんだ不思議は無力になった。

放課後、涼子に尋ねてみたけれど、そんなこと知らない、と彼女は言った。

「私はたまたま紙を見つけただけだからな」

「そうですよね……」

放送室に残っているのは、例のごとく円佳と涼子だけだ。来週の原稿を書いていた涼子は、なんかごめんね、と眉を下げる。

涼子すら知らないのなら、少なくとも在校生の中に知っている人はいないのだろう。

颯哉には謝るしかない。

「それにしても。円佳ちゃん、どうして急にそんなこと気になったの。タイムトラベルしたいとは思わないって、言ってなかったっけ」

涼子は首をかしげながら、綺麗な文字をさらさらと紙に並べていく。月曜日を担当している涼子の放送は、いつも面白い。円佳のように、インターネットで調べればすぐに出てくるような雑学には頼らず、学校で起きた小さな出来事を彼女なりの大胆さで楽しく伝えてくれる。

「私、放送委員会に所属していて」

円佳が話し始めると、涼子は「そうだったね」とうなずいて、シャーペンを机に置いた。

「同級生の片瀬くんと、一緒に放送をしてるんです」

過去に戻ってやり直したいこと、なんて、円佳にはそんな大それたものはなかった。やり直したところで、自分の無難な人生が違う方向に旋回するとは思えないし、そうなることを望みもしない。

でも、颯哉にはある。彼には、後悔していることがある。やり直したいことがある。それを応援してみたかった。

颯哉の話をどう涼子に伝えるべきか、あるいは伝える必要はないのか。迷って口を開けずにいるうちに、涼子が助け舟を出した。

「彼が、伝説のことを知りたいって言ったんだね」

「そうです」

なるほどね、と涼子はうなずいて、また原稿に戻った。淀《よど》みない動きで、シャーペンは紙の上を走る。最後の句点を打って、最初から目を通して何ヶ所か修正を入れたあと、こん、とペンの先を机につけ、芯を仕舞った。

「片瀬くん、だっけ」

透いた声がその名前を呼んだら、彼の苗字がとても美しいことに気づいた。涼子の声は、中学時代から変わらず綺麗で、円佳はいつも聞き惚れてしまう。

「私も知りたいから、自分でがんばって調べてみてって伝えて」

涼子は楽しそうな笑みを浮かべて言った。


「じゃあ、その伝説が生まれた理由は謎のままなんですね……」

円佳の報告を聞いて、颯哉は残念そうだった。その奥で、リクエスト曲が後奏に入り、ゆるやかにフェードアウトしていく。次の曲を流し始めた颯哉に、円佳は涼子からの依頼を伝えた。

「先輩も理由を知りたいから、自分でがんばって調べてみて、だそうです」

自分で、と彼は小さく繰り返した。聞き馴染《なじ》んだ曲の歌詞の一節のように、滑らかに口ずさんだ。

なにかに納得したらしい颯哉は、リズムを取るように何度かうなずいた。そのリズムは、無意識なのかわざとなのか、今流している曲とぴったり重なっていて、円佳はつい笑みをこぼしてしまう。

颯哉は基本的に真面目だけれど、時々独特の雰囲気が表出する。円佳は彼と話していると、なんだか彼のテンポに飲みこまれていく感じがする。それが心地よくて、たぶん颯哉もなんでもないことを話すのが好きで、金曜日の昼休み、円佳たちは放送ブースで私語ばかりしている。

「それにしても、この伝説、実行するには相当の勇気がいりますよね」

タイムトラベルの手順が書かれた紙を見ながら、颯哉は苦笑する。

「これからタイムマシンを使いますって、全校にお知らせしないといけないんですね」

「タイムトラベルのリスクは大きいんです」

遅い時間まで部活をやっている生徒はいるし、先生なんて夜になっても職員室に残っている。試すのが難しいからこそ、真偽があいまいなまま、十一年間も生き残ってきたのかもしれない。

いつか、と彼がつぶやいた。放送用のはっきりとした声じゃなく、流している曲にも負けそうな、かすかな声で。

「いつか、タイムトラベル、試してみたいんです」

この人は、なにを言っているんだろう。試すまでもなく、伝説は伝説にすぎないのに。

「その時は、水島さんに、少しでも手伝ってもらえたらうれしいです」

わかっていたけれど、円佳はしっかりとうなずいた。

颯哉がタイムトラベルを試みる時、彼の手助けをする。颯哉が言った通り、いつか
でいいから、そんな日が訪れてみてほしいと、願ってしまう。

「自分で調べてみます。伝説が生まれた理由」

彼の決断に、円佳はもう一度うなずいた。

話が一段落して沈黙が生まれる。次の話題を手探りし、真っ先に触れたのは、円佳が最近頭の隅で悩み続けている、ありきたりなことだった。

「そういえば、模試の結果、散々だったんですよね。……E判定ですよ」

颯哉は、ああ、と困ったように笑って、

「僕はDでした。微妙です」

EとD。そんなに変わらないようにも、ぜんぜん違うようにも捉えられる。難しい顔をした円佳を見て、颯哉はまた笑った。タイムマシンで過去に戻りたがっている颯

哉は、自分の将来のことをちゃんと考えているのかどうか怪しい。

「どうして僕らって、アルファベットたった一文字に振り回されてしまうんでしょうね」

薄笑いのまま、彼は真面目なことを口にした。

「直前までA判定だったのに当日失敗して落ちてしまう人もいるし、Eだったのに運よく受かる人も、たまにいるわけじゃないですか。それなのに、なんでこんなあてにならないはずのアルファベットや数字に、頼ってしまうんでしょう」

AからEまでの、たった五段階に分けられる合格可能性判定とか、強引に五十を中心にした偏差値とか。結果表にコンパクトにまとめられる数値たちを、頼りにせずにいられない。

どうしてだろうと、しばらく考えて辿りついた仮説を、円佳は慎重に口にしてみる。

「……たぶん、ですけど」

颯哉の視線が円佳に向けられて、促されるように仮説の核を打ち明ける。

「不安、なんだと思います」

不安ですか、と颯哉が小さく繰り返した。うなずいて、続ける。

「受験とか、進路とかって、大学っていう結果に向かうための過程で、目には見えないじゃないですか。目に見えて参考にできるものが、アルファベットや数字しかないから、それらにこんなにすがってしまうんじゃないかと、思います」

見えないものは怖い。見て、わかると、安心できる。

涼子がよく口にしていることだった。自分の行く末がわからないのは怖いから、タイムマシンで未来に行って、すべてを確認したい、と。

颯哉は真面目な顔で、なるほど、とうなずいてくれた。まとまりきらない仮説を、この人に話してよかったのだと思える。円佳は颯哉の、どこか不思議なテンポに飲みこまれて、いつもなら心の内にとどめておくような考えさえ話してしまう。

「僕らを安心させてくれるものって、少なすぎるんですよね」

「……そうですね」

高校生を取り巻く言葉たちはいつも、希望を奪ってばかりだ。サンタクロースなんていないとか、夢は必ず叶うわけじゃないとか。放送部と放送委員会、二つはいらない、とか。

逆に、安心させてくれるものにはなにがあるだろう。数少ないそれについても考えてみたら、円佳には真っ先に思い当たるものがあった。金曜日の昼休み、放送室でリクエスト曲を流しながら、颯哉と私語をしている、この時間だ。放送ブースにはゆったりとした時間が流れていて、円佳はいつまでもこうしていたいと願ってしまう。

流していた曲が終わりを迎えた。颯哉が最後の曲名をお知らせし、再生ボタンを押す。来月公開予定の映画、『一夜一夜に人見ごろ』の主題歌だ。映画やドラマの主題歌は、生徒からよくリクエストされる。

「この曲が主題歌になっている映画、面白そうですよね」

主演に抜擢《ばってき》された若手俳優はこのあたりの出身らしく、少し前から大々的に宣伝されている。

「……ああ、そうですね」

颯哉は小さく答えて、ふと黙りこんだ。なにか気に障《さわ》ることを言ってしまっただろうかと、不安を覚えていると、

「その映画、もしも観にいったら、感想とか教えてくれませんか」

遠慮がちな口調で、颯哉が言った。

「片瀬くんは観にいかないんですか」

「僕はいいんです」

小さく首を横に振り、苦く笑った。

勉強机に置いたプリントを睨みつけるのに疲れてきて、円佳は息をつく。

文理選択って、本当に難しい。二者択一で決めるようなことではない気もするし、そうでもしないとやっていけないのだという気もする。どの教科も可もなく不可もな

く、といった感じの円佳は、どちらにするべきなのか悩む。

未来を確認したい、と言った涼子を思い出した。今ならその言葉に共感できる。現在の自分の前に立ちはだかる選択肢が、未来の自分にどんな影響を与えるのか、知りたい。

今まで円佳は、無難に過ごせる道を選択してきた。この高校を選んだのも、家から近くて、偏差値がちょうどよかったからだ。未来の自分に与える影響など、捉えきれていなかった。

それから、過去に戻ってやり直したい、と言った颯哉を思い出した。その言葉にも、共感する。過去に戻れるなら、自分はいつに戻って、なにをやり直すのか。それすら明確にできないけれど、円佳は、なにかをやり直したい気がした。いつかの過去のなにかをやり直したら、今の無難に生きる自分に、少しは変化があるのではないか。

でも、タイムマシンなんて十一年前の放送部員が作った伝説にすぎないのだ。この世界に本物のサンタクロースが存在しないように。

そう考えたところで、ひらめいた。もしタイムマシンがあるなら、サンタクロースを無邪気に信じていたころに戻りたい。一ミリも疑わなかったあのころに戻れたら、放送室の伝説だって、純粋な気持ちで信じられる。そんな希望の一方で、十六歳の円佳は知っている。信じたところで、伝説が実現するわけではないと。

今の円佳にできるのは、せいぜい、文系と理系、どちらのほうががんばれるのかを選ぶことだ。なるべく、自分が安心できるくらいの根拠とともに。

文理選択用紙の提出締め切りは一ヶ月後だ。時間があるのかないのか、それすらもよくわからない。

すべてがよくわからなくなってきて、回転椅子に座ったまま くるりと回る。と、唐突に、ノックされずにドアが開いた。

「お姉ちゃん、色鉛筆貸して」

お絵かきでも始めるのだろう。ちょっと待ってて、と航太に声をかけ、机の引き出しの中から色鉛筆を取り出す。ちゃんと十二色揃っているか中を確認すると、揃ってはいたものの、最近使っていなかったからか、先が丸まったままの色がいくつかあった。

勉強机の隅に置いた手動の鉛筆削り機を使おうとして、それがうっすらとほこりをかぶっていることに気がつく。中学以降はシャーペンばかりを使うようになったから、鉛筆を削る機会がほとんどなかった。

その鉛筆削りを見て、もう航太のような無邪気な子どもには絶対に戻れないのだ、と、どうしようもなく思った。

「ねえ、色鉛筆貸してよ」

航太に呼びかけられて、ごめん、と我に返った。先が丸まっていた色鉛筆を、鉛筆削りの穴に差して、取っ手の部分を慎重に回す。色鉛筆は普通の鉛筆に比べて芯が軟らかいから、尖らせすぎると折れやすくなってしまう。気を遣ってゆっくり削っているのに、せっかちな航太に「はやくはやく」と急かされる。

航太は、今から描く絵のことしか考えていないのだろう。航太は今を生きている。過去に執着することも、未来を悲観することもなく、今を今として生きている。

削り終えた色鉛筆を航太に渡して、絵、描けたら見せてよ、とお願いした。いいよ、とうなずいて、航太は円佳の部屋を出ていった。

文理選択って究極の二択だよね、と涼子は笑った。

「私も去年悩んだよ。だって得意科目ないんだもん」

今日も放課後の放送室に残っているのは円佳たちだけだった。それをいいことに、円佳は涼子に進路相談を始めている。

「いざとなったら、天の神様の言う通りで決めちゃえ」

面倒くさくなってしまったのか、涼子は原稿を机に放り出しながらそんなことを言う。

「それはさすがに……」

どうしてもわからないテストの記号問題とは規模が違うのだから、そんなものでは決められない。

涼子は、そうかあ、と笑いながら、

「こういう時、タイムマシンほしくならない？」

あまりに彼女らしいことを言い始めた。

「どっちが自分にとってふさわしい選択なのか、未来に行って確認できたら、自信を持って選べるのにね」

これまで円佳は、タイムトラベルがしたいとは思わなかった。未来を確認したところで、本当にその未来が訪れるのかどうかもわからない。そんな不確実な未来を知らされるくらいなら、端《はな》からなにも知らないほうがいい。

だけどこんな不安な位置に立たされていることに気づいた今、円佳は自分を安心させてくれる材料なら、なんでも頼りたかった。合格判定のアルファベット一文字とか、無理やり五十に基準を設定した偏差値とか、そういうものと同じくらい、タイムマシンに頼りたくなってしまった。今の自分の選択が正しいのか、間違っているのか、目に見える形で教えてほしい。

「私がよく言ってること、共感してもらえたかな」

「とても」

タイムマシンに頼ろうとする涼子の主張は子どもっぽいはずなのに、円佳には、涼子が誰よりも大人に見えた。サンタクロースなんていないと知った上で、自分がサンタになろうとしているような。そうすることで、子どもたちに希望を与えてくれるような。

「先輩は、文理、結局どうやって決めたんですか」

タイムマシンはないのだから、涼子だって、最終的には自分で考えて選んだに違いない。その方法を参考にしたかった。

「さっき言ったでしょ」

涼子は小首をかしげ、平然とした様子で答える。

「天の神様の言う通りで決めたの」

「え……」

円佳は、信じられない気持ちで彼女を見返した。涼子はちょっと得意げに続ける。

「神様がそう言ったんだから、それでいいと思わない？　少なくとも、私よりは私の将来のこと、知っていそうでしょ」

ふざけているようには見えなかった。本気でそんなことを言っているらしい。

「まあ、これは最終手段だけどね」

涼子は最後にそう言って、放送原稿を持って放送ブースに入っていく。いつのまにか、下校時刻が迫っていた。

――どちらにしようかな、天の神様の言う通り。

涼子の下校放送が始まるまで、円佳は心の中でそのフレーズを反芻《はんすう》していた。

『一夜一夜に人見ごろ』、と、数学の授業でなくても生徒たちの間でよく口ずさまれるようになった。机をくっつけ合ってお弁当を広げ始めた女の子グループは、公開されてすぐにその映画を観にいったらしく、映画の感想を話している。詳しい内容にまで触れようとしていたので、円佳は慌てて教室を出た。

放送室の扉を開くと、小柄なパイプ椅子に腰かけた颯哉が、紙片の山から一枚一枚拾い上げ、そこに書かれているのだろう曲のタイトルとにらめっこしている。その視線をふと上げて、困ったような顔を円佳に向けた。

「今日のリクエスト曲、どれを流しましょうか」

放送委員会に寄せられる曲のリクエストは、放送室前に置いた小さなポストに届く。その中から委員が選び出すのだが、一日に三曲しか流さないので、リクエストは溜まる一方だ。なるべく旬な曲とマニアックな曲のバランスを考慮して選ぶことにしている。

　曲を決めかねて頭をひねっている颯哉を見ているうち、円佳の中に、涼子のような大胆な考え方が浮かび上がってきた。

「迷った時は、くじ引きで決めてみませんか」

　きょとんとする彼を横目に、円佳は紙片の山から三枚の紙を引いた。たまにはこういう日があってもいいように思う。

「今日はこの三曲を流しましょう」

　思い切った円佳の行動に、颯哉は愉快そうに笑った。

「いいですね、そうしましょう」

　放送の時間が近づいてきたので、選び出したリクエスト用紙を持って放送ブースに入る。颯哉はマイク前の椅子に座り、これから放送するお知らせの原稿を小声で読み上げ始めた。その彼の様子を目にした途端、円佳は自分のミスに気づいた。

「……あ、どうしよう」

　颯哉の練習声より小さく漏らしたのに、彼は練習を中断して、「どうかしたんですか」と心配そうな顔で円佳を見る。

「原稿、持ってくるの忘れました……」

　映画の内容を聞いてしまわないよう慌てて教室を出てきたから、今日読むはずだった放送部員としての原稿を、机の引き出しに忘れてきてしまった。

「今から取りにいきますか? 僕が放送をしている間に戻ってこられると思います」

今日は放課後に委員会があるから、放送委員がするべき大事なお知らせがたくさんある。教室に行って戻ってくる時間はありそうだ。

「そうします。すみません、しばらくお願いします」

颯哉に放送を任せて、円佳は放送室を出た。廊下を早足で進む途中で、放送を始める時間になり、『お昼の放送を始めます』と、スピーカーから颯哉の声が流れる。

円佳がスピーカー越しに颯哉の声を聞くのは初めてだ。毎週金曜日の放送ブースで、大事なお知らせをしたり、音楽を流している間に私語をしたり、円佳が彼の声を聞くのは、いつも直接だった。

早足だったはずの歩みは、いつのまにか普通の速度に落ちてしまって、円佳は歩きながら、委員会のお知らせをする颯哉の声に耳を傾ける。

颯哉の放送は本当にうまくなった。初回の放送なんて、初めてだからという言い訳もちょっと苦しい感じだった。おかげで、後日委員会の先生に呼び出されたらしい。必死に平謝りする颯哉の姿をたやすく想像できた。

あれから半年しか経っていないのに、こんなに変わるものなのかと、円佳は静かに溢れてくる驚きをとどめられなかった。高校生の半年間は、あっというまに過ぎるくせに、気づけばあまりに多くのことを身につけている。

颯哉は過去に戻りたいと言った。もし過去に戻ったら、この半年間で身につけた放送スキルをリセットすることになってしまうのではないか。せっかく成長した分が、なかったことになってしまう。それはひどく残酷なことに思えた。

『それでは、今日のリクエスト曲を流します。一曲目は——』

ゆっくりと歩いているうちに委員会のお知らせはすべて終わってしまい、スピーカーから、円佳が適当に引いたリクエスト曲が流れ始めた。円佳も知らない歌だが、スマホの音楽アプリで検索すれば、ほとんどの曲を流すことができる。

はやく放送室に戻らなければいけないことを思い出して、早足を取り戻した。もうやり直しの利かない過去から逃げるように。なにが起こるかわからない未来に追いつくように。

人は日々一歩一歩、どこかは成長するし、どこかは衰えている。成長をはやめることも、衰えを巻き戻すこともできない。地球の回る向きや速さは、誰にも変えられない。タイムマシンなんてどこにもなくて、ここにあるのはごく普通の放送室と、現在だけだ。

颯哉の放送をスピーカー越しに聞いているだけなのに、そんなことを考えていた。一曲目がもうすぐ終わってしまう。すべてのリクエスト曲が流れ終わる前に、はやく原稿を持って放送室に帰らなければ。

教室に入ると、「あれ、放送は？」と心配してくれる親切なクラスメイトがいた。

「放送用の原稿忘れちゃって」

「それは大変」

大変、と口では言いながら、彼女は呑気《のんき》に笑った。颯哉の放送が落ち着いているから、円佳がいなくても大丈夫だと感じているのだろう。円佳も廊下を歩きながら、ずっとそう思っていた。颯哉は一人でも大丈夫だろうと。

それでも円佳は、自分の机の引き出しから原稿を取り出して、放送室へと急いだ。

スピーカーから流れる音楽は、もう二曲目に移っていた。颯哉の仕事はそろそろ終わる。いつも円佳たちが私語をしている時間が、どんどん過ぎていく。

円佳がようやく放送ブースの扉を開けたのは、二曲目が終わり、颯哉が三曲目のタイトルを告げる直前だった。

「おかえりなさい」

颯哉は、まるで少しも待ちくたびれていないかのように穏やかに言ってから、マイクに向かって曲名をお知らせし、流し始めた。

「遅くなってしまってごめんなさい」

素直に頭を下げてから、言い訳が口をついて出てきてしまう。

「スピーカー越しに片瀬くんの落ち着いた放送を聞いていたら、片瀬くんは一人で大丈夫だろうと思ってしまって」

颯哉は小首をかしげて、「じゃあどうして戻ってきたんですか」と、笑みを浮かべた。

「片瀬くんと話したくて」

「なにかありましたっけ」

「特にはなにもないんですけど……」

円佳にとって、この放送室で私語をする時間は大切だった。いつだって今を生きなければならないなら、金曜日の昼休みという時間には、ここで話をしていたかった。

「それじゃあ、今日はなんの話をしましょうか」

淡く流れる三つ目の曲を背景に、颯哉が円佳に問う。隣のパイプ椅子に腰かけながら、円佳の心には、例の二択が真っ先に浮かび上がってきた。

「片瀬くんって、文理どっちにするか決めてますか」

「決めてます。文系です」

颯哉は少しも迷いを見せずに即答した。とっくに決めていたらしい。

「理由って、聞いても大丈夫ですか」

颯哉は一度うなずいて、はにかみながら口を開く。

「将来の夢のためです。文系の学部のほうが役に立つだろうと思って」

正しい答えが返ってきた。ああ、と思った。

「そうなんですね……」

過去に戻りたいと口にした颯哉のことだから、将来の夢なんてまだ決まっていないものだと、勝手に思いこんでいた。気づかれない程度にこっそりとショックを受けていると、そんな円佳を置き去りにするように、三曲目の音楽が後奏に入る。

「どっちにしようか迷ってるってことは、今のところ、水島さんにはどっちの未来の可能性も残ってるってことですよね」

曲の終わり際、慎重な口調で颯哉がそんなことを言い出した。

「どっちにしたらいいのか、水島さん本人がわからないなら、たぶん誰にもわかりません。だから、とりあえずどっちも想像してみたらいいと思います。文系を選んだ自分と、理系を選んだ自分。タイムトラベルはできなくても、頭の中なら、自由に将来を創造できると思うので」

「……なるほど」

自分の将来を、自分で想像し創造すること。それなら確かに、タイムマシンがなくてもできる。

三曲目が終わり、教室に戻るため立ち上がった颯哉に、円佳はいつもより慇懃《いんぎん》に「お疲れさまでした」と頭を下げた。

一人でマイクに向かい、さっき教室に取りに戻った原稿を読み上げる。いくら未来を想像しようとも、手元の原稿に書かれているのは今日の話だ。

『今日は十月二日です。十月は、旧暦で言うと神無月《かんなづき》です。神の無い月です。どうしてそんな名前がつけられたか、知っていますか。諸説ありますが、その中の一つを紹介します。十月は、神様たちが会議をするために一ヶ所に集まる、大切な月なんです。日本中の神社からは、神様がいなくなってしまいます。だから神無月って言うんです。逆に、全国津々浦々から神様が集まる出雲の国では、十月のことを神在月《かみありづき》って言うそうですよ。十月って、神様のための月なんですね』

こんな雑学なら、きっと知っている生徒も多いだろう。円佳も調べる前から知っていた。神様のための月、と言ってみたくて、十月に入ったら最初の放送でこの話をしようと、前から決めていたくらいだ。おそらくほとんどの生徒は「神様のための月」を受け取ってくれてはいないけれど、だからこそ気楽に話せるのだ。

微妙なテストの結果表を、自室の蛍光灯に照らしてみる。だけど隠された暗号が浮かび上がってきたりするわけはないので、光を味方につけた無機質な数字が円佳を睨み返してくるだけだ。

特別に得意な教科も、苦手な教科も、好きな教科も、嫌いな教科もない、そんな人間だから、円佳は将来の夢も、文理選択さえも決めかねている。前回の模試でE判定だった大学だって、どうしても行きたいわけではなく、学校全体で目標の一つにしている大学だから志望校欄に書いただけだった。そんなに落ちこむ必要はなかったのかもしれない。それに気づいて安心するような、振り出しに戻されたような、相反する気持ちが円佳の中で渦を巻く。

迷っているということは、まだどちらの可能性も残っているということ。どちらも想像してみればいい。頭の中でなら、好きなようにタイムトラベルできる。

颯哉との会話を思い出しながら、円佳は未来へ想像を広げてみる。文系を選んだら。理系を選んだら。

「お姉ちゃん」

航太が入ってきた途端、円佳の意識は現実に引き戻された。

「絵、描けたよ」

航太はスケッチブックの一ページに大きく描いたドラゴンの絵を見せてくれた。ドラゴンだ、と一目でわかるくらいには、航太は絵がうまい。

「すごい。格好いいね」

航太はうれしそうにうなずいて、あとね、とページをめくる。航太の好きな正義のヒーローが描かれていた。

「上手でしょ」

「うん、上手」

航太はもう一ページめくって、次の絵を見せてくれる。さっきのドラゴンとヒーローが闘っているところ。次の絵は、ドラゴンをやっつけたらしいヒーローが決めポーズをしているところ。

「こんなに描いてたんだ。すごいね」

「うん、お姉ちゃんに見せるために描いたの」

航太は健気《けなげ》にそう言って、ぼくね、と続ける。

「お姉ちゃんみたいに大きくなったら、ヒーローになって悪いドラゴンを倒すんだよ」

「そっか。がんばってね」

応援を口にしながらも、円佳は、誰も正義のヒーローになんてなれないことを知っている。悪いドラゴンどころか、良いドラゴンだっていないことも。「お姉ちゃんみたいに大きくなったら」、全部知ってしまう。

「お姉ちゃん、困ったことがあったら、ぼくに言ってね。ぼくが悪いやつをやっつけてあげるよ」

そんな台詞を残して、航太は部屋を出ていった。色鉛筆はまだ返されなかったから、また新しい絵を描くのかもしれない。

ああ、と円佳は思った。困ったことがあったとしても、航太に訴えられはしない。困ったことがある時、必ずしも明確な悪者がいるわけではない。むしろ、悪者がいないからこそ困ってしまう時もある。特別苦手な教科がない円佳が、文理を決められないように。

颯哉は放送室に入ってくるなり、「相談に乗ってもらえませんか」と言った。

「どうしたんですか」

放送を始める時間が迫っていたので、ひとまずブースの中に入る。いったい何事だろうと頭の片隅で考えながら、颯哉と交互に、委員会や生徒会のお知らせを放送していく。

リクエスト曲を流し始めると、ところで、と颯哉が口を開いた。

「今年のクリスマスイブ、忙しいですか」

クリスマスなんてまだ二ヶ月以上も先のことだ。突然そんなことを尋ねられたことを不思議に思っていると、円佳の戸惑いに気づいたらしい颯哉が説明してくれる。

「演劇部の公演、観にこられますか。十二月二十四日にやる予定で」

「ああ、なるほど」

演劇部が年に何度か行う公演を、円佳は毎回観にいくことにしている。次のクリスマス公演も、そのつもりでいた。

「大丈夫だと思います。観にいきます」

「よかったです。ありがとうございます」

丁寧に頭を下げてから、颯哉は続きを話し出す。

「そのクリスマス公演の脚本なんですけど、毎年、一年生が担当するのがしきたりみたいなんです」

しきたりといえるルールのある演劇部に、歴史を感じた。仮創設と活動停止を繰り返す放送部にあるのは伝説だけだ。

「その脚本を、僕が書くことになって」

困ったような、だけどわずかに興奮しているような、そんな颯哉の表情を前にして、円佳までそわそわしてしまう。

「すごいですね」

「やってみたいことがあって、思い切って立候補したんです。それで、脚本についての相談なんですけど」

颯哉の言い方の慎重さから、彼にとっての脚本や演劇が、とても神聖なものなのだろうと伝わって、円佳も居住まいを正した。

「放送部の伝説のことを題材にして書きたいと思っているんです」

放送部の伝説のこと、と、おうむ返しをしてしまう。颯哉はうなずいて、

「伝説が生まれた経緯、自分で調べたらって言ってくれましたよね」

円佳はそれを伝言しただけで、実際にそう言ったのは涼子だけれど。話の流れを止めないよう、なにも言わずにうなずく。

「僕、放送部の伝説を題材にした脚本を書くことで、伝説について詳しく知りたいって思ったんです」

颯哉の表情は切実だった。放送部の伝説を、大事なクリスマス公演の題材にしてしまっていいのだろうかと、勝手に心配になる。だけど颯哉は、円佳が気後《きおく》れしてしまうほど真っすぐな瞳で続けた。

「僕は、なるべく事実に忠実な話を書きたくて。そのための情報集めの時に、水島さんの力を貸してもらえませんか」

伝説についてのノンフィクションに近い脚本を書いたところで、それが面白いものになるのかどうか。円佳にはなかなかイメージが湧かない。

円佳がなにも答えられずにいると、耐えかねたように颯哉がもう一度口を開く。

「ものすごく、自分勝手なんですけど」

後ろめたそうに一瞬、下げられた視線は、すぐに戻ってきた。自分がしようとして

いることに、すでに揺るぎようのない決意が宿っているらしかった。

「放送室の伝説が生まれた経緯を調べたら、従兄のことを、知れるんじゃないかと思っていて」

颯哉の従兄と、放送室の伝説。特に関係がなさそうに見えるこの二つを結びつけて、大丈夫だろうか。颯哉には、二つを結びつけられるだけの確固たる根拠があるのだろうか。

円佳が心配になる点はいくつもあった。颯哉の計画は無謀にしか思えない。個人的な事情のために、演劇部や、演劇部の公演を楽しみにしている生徒たちを巻きこむことになる。

だけどそんなことは、全部杞憂《きゆう》なのかもしれない。そう思わされてしまうくらいに、颯哉は決意の宿った瞳を持っていた。タイムトラベルなんて本当はできないから、颯哉は自分自身の力で、従兄との仲を取り戻す策を探している。

「わかりました。私でよければ、協力させてください」

颯哉の決意に寄り添えるよう、円佳は丁寧に頭を下げた。

ちょうど、曲が終わる。颯哉は次の曲を流してから、「クリスマス公演、楽しみにしていてください」と、力をこめて言った。

「楽しみにしてます。サンタさんよりも」

冗談交じりに円佳が口にすると、颯哉は表情を緩めた。

「水島さんのところ、サンタ、まだ来ますか」

颯哉の問いに、円佳はあいまいにうなずいて、

「弟のところには来ます。でも、私にはもう来てくれません」

きっと、一途にサンタの存在を信じている航太のところには、彼だって行きたくなるのだろう。もう信じられなくなった円佳のところには、行きたくないのだろう。

「……あの、水島さんはいつまで信じてましたか」

まるで禁断の質問かのように、颯哉は小さな声で問う。円佳もそれに倣《なら》って小声で答えた。

「よく覚えてないです。気づいたら知ってました」

純粋に信じていたのは、いったいいつまでだったろう。薄々勘づき始めていたのに、プレゼントをもらってしまった年もある。

片瀬くんはいつまで信じてたんですか、と同じ質問を返そうとしたけれど、叶わなかった。

「じゃあ、いつまで、信じたかったですか」

颯哉が、円佳より先にそう尋ねたから。

いつまで、信じたかったか。考えたことがなかった。信じるのと、信じたいと思う

のは、ぜんぜん違う。

円佳はじっくりと時間をかけて、毎年のクリスマスのことを思い出し、思い出たちに寄り添いながら、考えてみた。そうするうちに、サンタクロースの存在を信じたくなかった年なんてなかったことに気づく。純粋に信じていて、プレゼントを受け取った年も。少しだけ怪しみながらも、受け取ってしまった年も。もうどうにも信じられなくなって、自分のところにはサンタが来なくなった年も。一度だって、サンタなんていなければいいと思ったことはなかった。

だから、きっと、

「今でも、信じたいです」

こういう答えが、ふさわしいのだと思う。

「信じたいけど、信じられるほどの純粋さはもうないです」

サンタなんていない、と断言することは、本当はできない。もしかしたら、名前も知らないどこかの遠い国にたった一人、本物のサンタクロースがいるかもしれない。それを確かめることはできない。理屈ではわかっていても、やはりいないだろうと思ってしまう。

円佳の言葉を聞いた颯哉は、笑みを浮かべていた。

「僕も信じたいです。でももう信じられないです」

一度ゆっくりと瞬きをして、円佳を見た。

「だけど、信じさせることならできると思うんです」

信じさせること。航太の前で、あたかもサンタクロースは実在するかのようにふるまうこと。

「この脚本を全力で書いたら、放送室の伝説も、まるで本当のことのように感じてもらえるんじゃないかって気がしているんです」

円佳は、サンタクロースの存在も、放送室の伝説も、もう純粋には信じられない。

でも、颯哉のその言葉は、信じたいと思った。颯哉を信じたいと思った。

「いいですね」

心からそう思った。

「私にも、信じさせてほしいです」

颯哉はうなずいた。

「円佳ちゃんって、映画観るの好き？」

放課後の部活で、原稿を書き終えた涼子が円佳に視線を向けた。

「好きですけど、どうしたんですか」

首をかしげる円佳に、「一緒に行かないかなと思って」と、映画のホームページが表示されたスマホの画面を見せる。

「この映画、知ってる？」

知ってるもなにも、最近よく宣伝されているあの映画だ。『一夜一夜に人見ごろ』という学生の多くがつい唱えたくなってしまうタイトルのせいか、教室でもよく話題に上っている。

「私も観にいきたいと思ってました」

「お、じゃあ決定。いつ行こう」

涼子はカレンダーのアプリで予定を確認し、「明日とかどう？　急すぎるかな」と円佳を見る。

「あの」

円佳には一つ、予定より気になったことがあった。

「ん？」

「どうして私なんでしょうか」

放送部が舞台になっているわけではないし、タイムトラベルものでもない。みんなが注目するこの映画を観にいくのに、わざわざ後輩の円佳を誘う理由が見当たらない。

確かに涼子には仲良くしてもらっているけれど、これまで部活以外での交流はなかった。

「ごめん、私と行くのいやかな」

「そういうわけではなくて」

「私、友達いないんだよね」

涼子はスマホを机に置いて、言葉とは裏腹に気楽な調子で言った。

「え……」

「べつにかわいそうな感じじゃなくてね。固定の友達は作らないことにしてるの。普段はそんなに困らないし」

友達が少ないことは、もちろん悪いことではない。小学校でこそ、明るく元気で友達が多いことが善のように見なされていたけれど、高校生にもなれば、暗くても大人しくても友達が少なくても、悪ではないとわかる。

だけど、涼子は明るいし、元気だ。なのに友達はいないと言う。なんだかちぐはぐな感じがした。

「一人で観にいってもいいんだけど、感想交流できないのはつまんないなと思って」

円佳の戸惑いを気に留めることなく、涼子は言い足した。

「それと、円佳ちゃん、片瀬颯哉くんと仲いいでしょ」

「片瀬くんがどうかしたんですか」

円佳が首をかしげると、涼子は意味深な笑みを返しただけだった。

「めちゃめちゃ面白かったね」

映画が終わった瞬間から、涼子は弾ける興奮を円佳に浴びせ続けている。

涼子の言う通り、映画はすごくよかった。美しい夜空に一つ一つの台詞が染みわたっていくのを見届けているうちに、いつのまにか長い時間が経っていた感じだ。

だけど、円佳には映画の途中から気になることができてしまって、あまり集中して観られなかった。

「ねえ、もう一回観ない？　一時間後にまた上映されるよ」

申し訳なくも涼子の興奮を聞き流しながら、円佳は思い返す。主演を務めた俳優の、優しい色を持つ真摯な瞳や、懐かしさに近い温かな雰囲気をまとった演技を。壁に並んで貼られている映画のポスターの中に『一夜一夜に人見ごろ』のものを見つけ、立ち止まってじっと見つめる。

そして、颯哉が発した言葉たちを、頭の中に蘇らせた。

——僕は、歳の離れた従兄のことを無敵だと思っていました。

——従兄はこの高校の演劇部出身で。それで僕も演劇部に入部したんです。

——その映画、もしも観にいったら、感想とか教えてくれませんか。

瓜二つというわけではないから、大きなスクリーンで見つめてみるまで、気がつかなかった。

「円佳ちゃん？」

映画のポスターを前に立ち尽くす円佳の顔を、涼子が覗きこむ。不思議そう、というより、面白そうに。

——円佳ちゃん、片瀬颯哉くんと仲いいでしょ。

「あの、主演の高瀬幸人《たかせゆきと》って」

円佳がその続きを言うより先に、待ちきれなかったらしい涼子は「そう」とうなずいた。

「高瀬幸人は、片瀬颯哉くんの従兄。演劇部の部長の子が最初に似てるって気づいたらしく、二年生の間ではじわじわ噂が広まってるの」

一年生にはそんな噂はまだまわってきていない。まったく知らなかった。

「ねえ、どうする？　もう一回観る？」

涼子は冷めない興奮を持て余している様子で、劇場のほうを指す。円佳だってもう一度、今度は最後まで映画自体に集中して観たいのは山々だ。

「ごめんなさい、お母さんにはやく帰るよう言われてるので……」

「そっか。じゃあまた今度の楽しみにしておこう」

残念さを滲《にじ》ませないその言葉は、涼子の持つ未来志向の証明として、円佳の耳に届いた。涼子はいつも両足を地につけて立っていて、その両足のうち、片足は現在に、もう片足はいつも、未来についている。

円佳は、片足だけ現在に置いて、もう片足の置き場を見失っている。過去にも、未来にも、意識を向けきれない。片足立ちのまま、その場でふらふらしている。

リクエスト曲の紙の山から、三枚引いた。うち一枚はつい最近かけられていた曲だったので、もう一枚引き直す。

「一度かけた曲はリクエストできないっていうルールを作ったほうがいいんでしょうか」

ブースの扉を開きながら、颯哉が言う。

「ああ。そのほうがいろんな曲が集まりそうですね」

何度もリクエストされる曲は、きっと人気があるのだろう。だけどそんな人気曲ばかり流していては、マイナーな曲を流す機会が減ってしまう。生徒から募集したリクエスト曲を流すことのよさは、テレビの音楽番組と違い、一人の生徒しか知らないような曲も全校に届けられるところだと思う。

颯哉がスマホの音楽アプリで一曲目のタイトルを検索し、放送機器に繋いだ。円佳が曲名を告げると同時に、再生する。

「生徒がスマホを持っていなかった時って、リクエスト曲もCDで流してたんですよね」

颯哉の指摘に、言われてみれば、とうなずく。今ではすっかりスマホの存在が当たり前になっているけれど、それはここ数年のことだ。

リクエストする生徒は、かけてほしいCDを放送室に持ってきていたのだろう。リクエストするほど好きな曲のCDだ、そんな大事なものを預かる度胸は円佳にはない。

「従兄も、よく学校にCDを持っていってたんですよ。映画のサントラばかりでしたけど」

颯哉の話す従兄の姿と、先週スクリーンの中に観た高瀬幸人の姿が、重なって、一つの人格となって、円佳の中に一段とはっきりした輪郭《りんかく》を作る。

もしかすると、颯哉にとっての従兄は、思い出の中の人、のままなのかもしれない。颯哉は思い出の続きを受け入れるため、今一度過去の後悔と向き合い、けじめをつけようとしている。その過去とはいつなのだろうと、少し気になって尋ねた。

「片瀬くんの従兄が高校生だったのって、何年前ですか」

「十三歳離れてるので、それくらい前ですね」

円佳は頭の中で、十六から十三を引いてみる。三。従兄が高校一年生だった時、颯哉は三歳だった。高三の時でもまだ五歳だ。自分が五歳のころ親戚や家族がどんなことをしていたかなんて、円佳はほとんど覚えていない。颯哉にとって従兄との思い出はものすごく短い期間のものだから、特別に色濃く記憶が染みついているのかもしれない。

今度は、十六に十三を足してみる。二十九。今、高瀬幸人は二十九歳だ。二十九歳で初主演映画。それが遅いのか早いのか、円佳にはよくわからない。ただ、自分が二十九歳になった時のことは、ぜんぜん想像できなかった。それまで夢を追い続けることができるのかも、そもそも、それほど追い続けたいと思う夢が持てるかどうかも、ぜんぜん、わからない。

円佳は、過去にも未来にもうまく思いを寄せられずに、片足立ちでふらふらしながら現在を生きている自分を再確認する。

「タイムトラベルの伝説が書かれた紙って、十一年前のものでしたよね」

颯哉に言われて、紙の末尾に書かれていた西暦を思い浮かべた。

「十一年前、従兄は高三なんです」

「ああ」

そのころ従兄はＣＤを持ってきていた。十一年前はまだ放送委員会がなかったから、リクエスト曲の募集は放送部がしていたはずだ。だから颯哉は、放送部の伝説と従兄を結びつけたのか。ようやく少し、つながりが見えた。

「十一年前にこの学校にいた演劇部員や放送部員に話を聞いたら、従兄のことや伝説について、なにかわかるかなと考えていて」

「話を聞く人に、目星はついてるんですか」

「歴代の演劇部員の名前が、部室の名簿に残っているんです。それをもとに先生に聞いてみようかと」

颯哉の計画はすでに練《ね》られているらしい。円佳の手助けなんて、ほとんどいらないように思えた。できることがあるとすれば。

「放送部の名簿も、確かここにありますよ」

円佳は立ち上がって、ブース内の棚に並んでいるファイルから、自分の名前を追加する時に見た名簿を取り出した。年度ごとに部員の情報がまとめられている。

十一年前は、ちょうど放送部が仮創設された年だ。一番初めに挟んであった紙を取り出す。部員名の欄には、たった二人の名前がある。〈森田奈帆《もりたなほ》（一年二組）　藤野真《ふじのま》波《なみ》（一年六組）〉。この二人が伝説を生みだしたのだろう。

「これも手がかりになりますか」

「なります。ありがとうございます」

颯哉は円佳から両手で名簿を受け取り、放送原稿の裏に、二人の名前とクラスを書き写した。それから再び円佳に向き直る。

「あとは、従兄のことで、水島さんの意見を聞きたくなる時があるかもしれません。その時は、いつもみたいにリクエスト曲をBGMに、聞いてくれたらうれしいです」

わかりました、と円佳はうなずいた。

文理選択の期限が迫っていた。もういっそのこと本当に天の神様の言う通りにしてしまおうか、と冗談半分で思いながら、半分本気な自分に気づき、焦る。

自室の回転椅子で、一周、くるりと回る。元の位置に戻ってくるだけだ。後退も前進もしない。

どちらにしようかな、天の神様の言う通り、と心の中でつぶやいて、その後に続く言葉があいまいなことに思い当たった。もちろんここまでで終わってもいいだろうけれど、確か続きがあったはずだ。スマホを開いて検索アプリを立ち上げる。放送のための調べ物や大学名の検索履歴が並ぶ中、「天の神様の言う通り　続き」なんて文字を入力している自分を滑稽《こっけい》に思いながらも、調べずにいられなかった。

天の神様の言う通り、に続く言葉は、地域によって違うようだった。でも、文字数は決まって奇数だ。二択で迷った末に神様に頼る時、まずは「どちらにしようかな、天の神様の言う通り」で交互に指をさしたあと、特に意味のない奇数の言葉を付け加えてみて、二択のうち一方を選ぶ。

二択で迷っているのは心の表面だけで、本当は、迷ってなんていなかったんじゃないか。心の内側ではすでに答えが決まっていて、「言う通り」まででそちらに当たればそこで終わり、当たらなければ奇数の言葉を付け足す。そうすれば確実に、自分が心で決めていたほうの選択肢を選ぶことができる。まるで、神様の言うことに従っただけ、のように見せて、ちゃんと自分自身で選んでいる。

自分の将来なんて誰も知らない。神様だって知らない。最終的になにかを選ぶのは、現在の自分の意志にほかならない。

文理選択の用紙を勉強机に置く。文系・理系。どちらかに丸をつけることになっている。両方の選択肢をじっと見つめてから、人差し指を伸ばし、どちらにしようかな、天の神様の言う通り、と、辿ってみた。最後に指は、理系をさした。颯哉が教えてくれたように、理系を選んだ自分を想像した。既習の公式を頼りに問題に挑むのは嫌いではなかったけれど、好きでもなかった。これから好きになることはあるかもしれないけれど、今はうまく想像できない。

理系をさしていた指を離し、かきのたね、と、意味を持たない奇数の言葉を付け加えた。文系をさす。今度は文系を選んだ自分を想像した。日本語に向き合い、英語に向き合い、歴史に向き合うことができるだろうか。

「お姉ちゃん」

究極の二択と闘っている円佳を、航太が呼んだ。その手にはスケッチブックと、この前から貸していた色鉛筆がある。

「絵、また描いたよ。見て」

「うん」

円佳に色鉛筆を返却した航太が、スケッチブックのページを開く。そこにはサンタクロースが描かれていた。ずいぶんとあわてんぼうだ。

「クリスマス、まだもう少し先だよ」

つい笑ってしまった。クリスマスは、まだ二ヶ月も先のことだ。二ヶ月なんて、円佳にはあっというまに思えるけれど、航太にとってはあまりに遠くて、待ちきれないのかもしれない。それほどに、今生きている時間が濃密なのだと思う。

航太は円佳の言葉には答えずに、描いた絵から顔を上げて、尋ねてきた。

「ねえ、サンタさんって本当はいないの？」

航太のその質問が円佳の耳に入った途端、鼓膜の手前で暴れた。すんなりとは受け入れられなかった。円佳を見つめる航太の黒い瞳は、真実に怯えながらも、聞かずにはいられないという、六歳児が抱えるには複雑すぎる色をしていた。

「どうしてそう思ったの」

平静を装って、航太に問う。複雑な目の色とは反対に、航太の口は単純な動きで言葉を紡ぐ。

「お友達が言ってた」

「そっか」

そういうことも、あるだろう。その子の家庭がそうなのか、自分で気づいてしまったのかはわからない。航太かそのお友達、どちらが正しいかと言えば、お友達のほうかもしれない。

答えに悩んだ。もう少し悩む時間がほしくて、「お母さんには聞いてみた?」と尋ねる。

「聞いたよ」

「なんて言ってた?」

「いるよって」

円佳が予想した通りだ。航太に夢を与えようとする母なら、きっとそう答えただろうと思っていた。

「お友達か、お母さんか、どっちが本当なの」

航太が出題した二択に対して、すぐに答えを提出することは難しかった。だから円佳は、また質問を返してしまう。

「どっちが本当だったらいいと思う？」

サンタの存在をいつまで信じたかったか、という颯哉からの質問に似ていた。

「お母さん」

航太は一度も視線を逸らすことなく即答した。その潔《いさぎよ》さに、文理選択で悩み続ける円佳は、感動すら覚える。

「サンタさん、いてほしい？」

「うん」

いてほしい、とそんなにはっきりうなずける航太に、円佳は、思いつく限りの言葉を尽くして答えたい。充分に悩む時間を稼いで、ようやく辿りついたことを口にする。

「いるかいないか、は、私にはわからないって答えてもいいかな」

わからない、という答えの意味がわからない、という感じで、航太はあいまいに首をかしげた。

「私はね、本物のサンタさんの姿を見たことがないの」

「ぼくもない。いっつも寝ちゃう」

「うん、サンタさんは眠ってるうちに来るもんね」

航太がうなずいてくれる。だけどね、と、航太の表情をうかがいながら、円佳は続ける。

「サンタさんを見たことがないからって、いないって決めることはできないよね」

航太はあまりぴんと来ていないようだった。たとえば、と、例を出してみる。

「航太はクジラの絵を描ける？」

「描けるよ」

円佳がもう一度色鉛筆を渡すと、航太はスケッチブックの新しいページを開いて、クジラの絵を描きはじめた。できた、と言って見せてくれたクジラは、頭からちゃんと潮を吹いている。しっかり特徴を捉えて描けていた。

「うん、上手。でも、航太は本物のクジラを見たことあったっけ」

「ううん、ないよ」

航太はまだ水族館に行ったことがないから、クジラどころかイルカもないはずだ。

「本物を見たことがないのに、クジラの絵を描けたのはどうして」

航太は首をひねり、記憶に意識を巡らしてから口を開いた。

「絵本とか、テレビとかで見たから」

「そうだね。本物を見たことはなくても、そうやって絵本やテレビに登場するから、クジラなんて本当はいないとは、思わないでしょ」

うん、と航太がうなずく。長い答えにも耳を傾けてくれる航太の素直さに甘えて、続ける。

「サンタさんもクジラと同じって、考えてみるのはどうかな。本物を見たことはないけど、サンタさんの絵を描けるくらいには、航太はサンタさんのことを知ってる」

「うん」

「本物を見たことがないから絶対いるとは言えない。でも、サンタさんのことをちゃんと知ってるから、絶対いないとも言えない。だから、わからないっていう答えになっちゃった」

「……うん」

咀嚼《そしゃく》しきれないらしい航太は微妙な表情を浮かべて、うなずきかけた首を斜めに傾ける。

円佳は答えをはぐらかしただけなのだろう。今言わなくたって、いつかは航太にも信じられなくなる時が来る。それでも、猶予《ゆうよ》を持たせることには意味があると思った。サンタを信じている期間にしか見えない世界があるはずだ。

だけど一方で、信じられなくなってからしか見えない世界もまた、ある。航太がその世界に辿りつく日を、円佳は決して急かすことなく見守りたい。

「だからね、どっちでもいいんだよ。お友達も、お母さんも、どっちも間違ってない。航太自身が、いてほしいって思うなら、いるって思ったらいいよ」

いてほしい、とは円佳も思う。でも、いてほしいという希望を、きっといるという確信に変えられるのは、円佳ではなく航太だ。

「……どうかな？」

ずいぶん遠回りをしてしまった。航太は円佳が長々と話したことをゆっくり飲みこんで、こぼすまいとするように、そっとうなずいた。

「ぼくはいるって思うことにする」

「うん」

航太は今、大事な二択の一方を選んだ。サンタがいるかいないかではなく、信じるか信じないか。見たことがないものを信じるのは、すごく難しいことだ。それでも航太は信じることを選んだ。

少しでも航太の選択の助けになれないかと、円佳はふと思いついたことを提案してみる。

「サンタさんには会いにいけないけど、クジラになら、会えるよ。本物」

「本当に？」

「うん。水族館に行こう」

大切な約束をした。部屋を出ていく航太の背中を見送ってから、円佳は再び机に向き直る。文系・理系の二択を提示し続けている用紙が、円佳の決断をじっと待ってくれていた。

文系にしよう、と決めた。言葉を通して人と向き合うのが、円佳は好きだから。

リクエスト曲の紙たちの中に、以前もかけた曲のタイトルがあった。『一夜一夜に人見ごろ』の主題歌だ。今日かける曲の候補からは外しながら、この映画の感想を教えてほしいと颯哉から言われていたことを今さら思い出した。

「そういえば、この映画、先輩と観にいきました」

その主題歌のリクエスト用紙を颯哉に示しながら言うと、颯哉は少し緊張したように表情をこわばらせて、どうでした、と問う。

「すごくよかったです。景色も綺麗だったんですけど、それ以上に、俳優さんたちの演技に引きこまれました」

内容には触れずに、映画を観て感じたことを素直に伝えた。颯哉にとって、きっと一番重要だろうことも。

「……特に主演の高瀬幸人さんとか」

「そうですか」

颯哉は安心したように頬を緩めた。そんな表情をするのなら、颯哉は自分の目で従兄の活躍を観にいくべきなんじゃないか。

「水島さん、もう知ってますよね。高瀬幸人は僕の従兄です」

「はい」

片瀬颯哉が高瀬幸人の親戚らしいという噂は、一年生の間にも広まっていた。颯哉は、尋ねられればその噂を肯定するけれど、幼いころ以来会っていないからと、それ以上の質問や要望をかわしているらしい。だから生徒たちの興味は次第に萎《しぼ》んで、噂の波はすでに収束しつつあった。

「従兄について、話してもいいですか。放送時間内に終わらせるので」

そんなことを、今さら確認する必要はなかった。それなのに改めて円佳に許可をとる颯哉の律義さと、颯哉がこれから話そうとしてくれている事情の大切さに、誠実に応えたいと思う。

「いくらでも聞きますよ」

心から、そう約束した。

放送を始める時間が近づいて、放送ブースに入る。つつがなく委員会のお知らせを終え、一曲目のリクエストを流してから、颯哉が口を開いた。

「本当は、従兄とはすごく仲が良かったんです。家が近かったので、僕はよく従兄の部屋に遊びにいっていました」

円佳は静かにうなずく。仲が良かった、と、過去形で言わなければならないのかと思うと苦しくなった。

「従兄は昔から映画が好きでした。高校からの帰り道に借りてきたＤＶＤを、週末、従兄の部屋にある小さなテレビで観るんです。当時の僕は幼稚園児だから、映画の内容はさっぱり理解できないんですけど、なぜだか最後まで付き合ってました」

その光景を、円佳は脳裏に思い浮かべてみる。テレビ画面に釘付けになって一言も発さない従兄と、首をかしげながらも、従兄が真剣に観ているものに一緒になって真剣になろうとする、幼い日の颯哉の姿を、勝手に想像する。頭の中でだけ、十一年前にタイムトラベルする。

「従兄は映画のサウンドトラックも集めてました。映画はよくわからなかった僕でも、格好いい音楽ならわかりました。従兄には特に気に入っているサントラがあって、自室で勉強をする時はいつも、ＢＧＭとしてそのＣＤをプレイヤーで流してたので、僕はその音楽につられるように、毎日遊びにいきました。そのサントラはジャケットも格好よくて、僕が手に取って眺めようとすると、取り上げられたことを覚えています。曲を聴きながら真面目に勉強する従兄の後ろで、僕が自分の家から持ってきた電車なんかを走らせているうちに、従兄も勉強に飽きたのか、一緒に遊んでくれるんです」

その光景も想像したら、なんだか楽しかった。集中しようと、好きな曲をかけて机に向かっているのに、後ろで幼い従弟が電車を走らせ始める。線路から脱線して行き先を見失った電車が直進した先に、机の脚があって、身動きがとれなくなってしまう。仕方なく、計算途中の数学の問題を諦めて、その電車を救い出してやる。一度中断した計算問題に戻るのは面倒で、気楽に遊ぶ従弟が羨ましくて、ついには一緒に遊び始めてしまう。

そこまで想像して、立ち止まる。今の二人は、当時の様子からはかけ離れてしまった。同じ部屋で、同じおもちゃで遊んでいたのは遠い思い出の中だけで、今はもう、顔を合わせることさえない。

「でも、突然ある日から、従兄の部屋にそのサントラが流れることはなくなったんです」

格好いい音楽が漏れ聞こえてくるはずの従兄の部屋から、静けさしか届いてこない。

「僕が勉強の邪魔になっていたからだと思います」

音楽に誘われるように従兄の部屋に遊びにいっていた颯哉は、無音になった従兄の部屋にとどまる理由を見出せず、脱線したおもちゃの電車のように、行き場を見失う。

「そのころ、従兄の様子はどこか変でした。憂鬱《ゆううつ》そうというか。高三の冬のことです」

大学入試を目前に控えた時期だ。ストレスを抱えてしまったのだろうかと予想したけれど、的外れだった。

「従兄はその時すでに、推薦で進学先が決まっていました。真面目に勉強し続けていたのは、進学後のためだと思います」

じゃあ、どうして。当たり前に浮かんだその問いも、颯哉の話を中断してしまう気がして、口に出せなかった。

「従兄の代が引退した演劇部は、部員の数が少なかったみたいです」

唐突に、話の軸が別の場所に移ったように思うけれど、指摘することなく小さくうなずいて、続きを促す。

「一、二年だけじゃ、クリスマス公演をするのが難しいって結論に至ったそうです。それで、すでに受験が終わっていた従兄も、役者の一人として参加することになりました」

クリスマス公演の脚本は、その年の一年生が書くのがしきたりなのだと聞いた。当時もそうだったのだろう。人数の少ない演劇部に合わせた脚本を仕上げることができなかったのかもしれない。

「僕は、従兄の出る演劇部の公演が好きでした」

颯哉の言葉は、やっぱり過去形だった。

「ひたすら、従兄が格好よかったんです。いつもは僕の隣でテレビの中の映画に目を凝《こ》らしている従兄が、演劇部の公演だと、映画の中の人みたいになるんです」

――僕は従兄に憧れてました。

以前彼がそう口にしていた通り、颯哉の表情は、憧れ色にときめく。

「僕はいつも、伯母と一緒に公演を観にいってました。仕事が忙しい両親の代わりに、伯母に面倒を見てもらうことが多くて」

だから颯哉は、頻繁に従兄の部屋で時間を過ごしていたのだろう。いくら親戚とはいえ、颯哉たちのように毎日遊ぶ従兄弟は、珍しいかもしれない。

「クリスマス公演もそのつもりでした。だけど、そのころの従兄は憂鬱そうだった上に、僕が観にいくと言った時、颯哉は来なくていいよ、なんてことを初めて言ったんです。それでも、そのクリスマス公演が従兄の最後の公演になるってことは、僕にもわかっていたので、舞台に立つ格好いい従兄の姿を、どうしてももう一度観たくて。それまで通り伯母と一緒に行きました」

それで、と、息継ぎをするように、颯哉は小さく接続詞をつぶやく。

「舞台上で、従兄が自殺しました」

風も通れないほど密閉されているはずの放送ブースの、気温が少し、下がった気がした。

「もちろん、そういうお芝居です。従兄は脚本に沿って演技をしただけです」

一年生の書いた脚本。先輩の迫真の演技を見たかったのかもしれない。純粋な尊敬の気持ちに突き動かされて、そんなシーンを入れた。

「従兄の演技は本当に、素晴らしかったんだと思います」

一言一言丁寧に、颯哉は言葉を紡ぐ。彼はいつも、そうやって話す。言葉の一つ一つが重くて、まともに受け止めきれなかった。

「五歳の僕には、それが演技だってことがわかりませんでした」

颯哉は一つ、ゆっくりと息を吸った。そして、吐き出すのと同時に言う。

「従兄が本当に死んでしまったと思ったんです」

円佳は、その光景だけは想像することができなかった。あまりに苦しくて。

「従兄と一緒にいろんな映画を観ていたから、人が死ぬシーンにも見覚えがありました。そのころの従兄が憂鬱そうだったことも、颯哉は来なくていいって言ったことも、すべてがつながって、従兄は死んだんだって結論に、すぐに辿りついたんです。馬鹿だなって、今なら思うんですけど」

颯哉は自嘲《じちょう》気味に小さく笑ったけれど、円佳はうまく笑えない。ただ黙って、颯哉の語る十一年前の景色を、なんとか受け入れようと耐えるだけだ。

「僕は緊迫した静かなホールで叫んでしまって。隣に座っていた伯母が、すぐに僕をホールから連れ出してくれました。大丈夫大丈夫ってなだめてくれたんですけど、僕は自分の見たものを疑う気がないから、ぜんぜん大丈夫じゃないじゃないかって、怒りと悲しみで壊れてしまいそうでした。ずっと泣きじゃくっていた記憶があります。本当に、馬鹿みたいです」

恥じるように目を伏せた颯哉は、五歳の自分に寄り添うようにゆっくりと言う。

「疑うことができない、信じることしかできないって、怖いんです」

自分の目の前で従兄が死んだ。その光景を、お芝居だと疑うことができなかった、幼い颯哉を想う。

なにかを一途に信じられることは、子どもの純真な特権である一方で、残酷な障害なのだ。

「死んだ人はもう生き返らないって、ちゃんと知ってました」

言葉が床にこぼれて転がっていくのを最後まで見届けるように、颯哉はうつむいた。

「公演が終わって、従兄に会っても、それが幽霊かなにかだとしか思えませんでした」

それも、そうだ。従兄は確かに死んだのだ。見間違いじゃない。何事もなかったかのような姿の従兄に再会したって、本物だとは思えない。

「公演が終わってから数日で、従兄は卒業式を待たずにこの街を出ていきました。大学に入る前に、東京の劇団のオーディションを受けるために。その日以来、伯母たちが従兄のところに行くことはあっても、従兄が帰ってきたことはありません。忙しいのもあるし、僕と顔を合わせたくないからでもあると思います。最後の公演を台無しにした僕は、従兄に疎まれてるんです。優しいから付き合ってくれていたけど、クリスマス公演での出来事のせいだけじゃなく、本当はもっと前から、僕に対する不満をずっと溜めていたんだと思います」

勉強をする時にCDを流さなくなったこと、憂鬱そうな顔をしていたこと、クリスマス公演に来なくていいと言ったこと。

本当だろうか。本当に、従兄は颯哉のことを嫌がっていたのだろうか。なにか別の理由があったんじゃないか。高校生になった今なら、疑うことを覚えた今なら、もう一度、考え直すことができるんじゃないか。

口を開きかけた円佳を遮るように、チャイムが鳴った。いったいなんのチャイムだろうと疑問に思いながら腕時計を見ると、昼休みが終わる時刻だった。放送の時間はとっくに過ぎている。一曲目を流しきったまま、BGMが途絶えていたことにも気づかなかった。

「すみません、放送時間内に終わらせるって言ったのに、大嘘つきでした」

颯哉は心底申し訳なさそうに頭を下げた。大切なお知らせは曲の前に終えていたので、誰かに迷惑をかけることはない。リクエスト曲が一つしか流れなかったことを不審に思う生徒がいるかもしれないが、円佳の放送がなかったことは、きっと誰も気にしないだろう。

「本当にごめんなさい。水島さんの今日の原稿も、無駄にしてしまって」

パイプ椅子から立ち上がって、颯哉はもう一度深く頭を下げる。

「気にしないでください。大丈夫です、大した話ではなかったので」

今日の日付にまつわる話だから、来週の放送に持ち越すことはできない。だけどそんなことは、もはやどうでもよかった。

二人で放送ブースを出る。この中は飲食禁止なので、いつもなら放送後に教室に戻ってお弁当を食べるのだけど、今日はもう時間がない。あと五分で五時間目が始まってしまう。時間がないのを自覚しながら、円佳はさっき言いかけたことを口にせずにいられなかった。

「片瀬くん、疎まれてはいないと思います」

颯哉は虚をつかれたような顔をした。どういう意味ですか、と、掠《かす》れた声で問う。

「CDをかけなくなった理由も、憂鬱そうな顔をしていた理由も、私にはわかりません。だけど、クリスマス公演を観にこなくていいって言ったのは、自分が自殺するシーンがあるから、片瀬くんが観たらショックを受けるかもしれないって、心配したからじゃないかと思います」

そうだったらいいのに、という、円佳の願望に近い訴えだった。

円佳を見つめてしばし固まっていた颯哉が、氷が溶けるようにゆっくりと、口元を緩めていく。

「そんな風に考えたことありませんでした」

そして今度は、ありがとうございます、と頭を下げた。

「明日から、十一年前のことを教えてくれる人たちに話を聞く予定になっているんです。その前に水島さんに話せて、よかったです」


改札の前で、涼子は先に待っていた。日曜日の人混みをくぐり抜け、彼女のもとに駆け足で近寄る。

「すみません、待たせてしまって」

スマホの画面を眺めていた涼子は、円佳の声に顔を上げ、「おはよう」と軽く笑った。

「大丈夫、弟くん待たせちゃいけないと思って、はやく来たの」

それから涼子は円佳の隣に腰をかがめて、「今日はよろしくね、航太くん。お姉ちゃんの先輩だよ」と笑いかけた。センパイ、という言葉の意味はわからなくとも、響きが面白かったのか、「こんにちは、センパイ」と航太も笑った。

「ごめんね、二人のお出かけの邪魔しちゃって」

涼子は立ち上がり、円佳に言う。

「こちらこそ、付き合ってくれてありがとうございます。映画はまた今度行きましょう」

映画また観にいこうよ、と、放課後に涼子が提案してくれた日付は、円佳が航太と水族館に行く約束をしていた日だった。水族館を別日にしてもよかったのだけど、航太に本物のクジラを見せたいのだという話をすると、涼子は目を細めた。

「話聞いたら、私も水族館行きたくなってきちゃった。もしいやじゃなかったら、一緒してもいい?」

そういうことで、円佳と航太と涼子、という不思議な組み合わせで、水族館に向かうことになった。保護者が二人ついているほうが、航太の安全を確保しやすいので助かる。

日曜日の電車は混雑していて、座席は空いていなかった。

「ここ摑まってられる?」

航太の身長では吊革に届かないので、扉の近くにある手すりを握らせる。それだけでは不安定そうで、もう片方の手を円佳と繋いだ。

「すごい、円佳ちゃんがお姉ちゃんしてる」

円佳たちの様子を見て、涼子はくすくすと笑っていた。

「お姉ちゃん歴六年の新米なんですけど……」

「うん、なんていうか、親戚の子に接してるみたいだよね」

それはたぶん褒め言葉ではないなと思いつつ、円佳も苦笑する。一人っ子だった期間のほうが長いので、実はいまだに妥当な接し方を掴めていない。

「そういう丁寧な感じ、円佳ちゃんらしいけどね」

涼子がそう言ってくれるので、素直にありがたく受け取ることにした。航太は窓の外をさらさらと流れていく景色に釘付けになっている。あっというまに通りすぎるものを、少しでも多く掬《すく》って自分の内にとどめようとするように。

水族館前の駅で降りた。さすが日曜日、お客さんは多い。家族連れに友人グループにカップル。一緒に水族館に来る人たちにはいろいろな繋がり方があるけれど、姉弟プラス姉の先輩、というちょっと不可思議な組み合わせで来ている人は、ほかにはなかなかいないだろう。

「そういえば、今さらだけど、お母さんたちと来なくてよかったの？」

家族連れのお客さんに視線をやりながら、涼子が尋ねてきた。本当に今さらですね、と笑いながら答える。

「お父さんが単身赴任してて、お母さんの仕事は土日休みじゃないので、日曜日は二人になっちゃうんですよね」

週六日で保育園に通う航太の唯一の休日なのに、今週の日曜はこんなに人の多いところに連れてきてしまった。疲れさせすぎない程度に、だけどちゃんと楽しませたい。

「クジラどこー?」

入館してまもなく、今日のメインを待ちきれない航太がぴょこぴょこ跳ねた。

クジラは、館内の中心にある、吹き抜けのところにいる。入り口に近い水槽から順に見ていく予定だったけれど、「クジラ、もう行っちゃう?」と涼子も航太に合わせてくれる。涼子にも、航太にクジラを見せたい理由は話してあった。

いくつもの水槽たちを通りすぎ、中央の吹き抜けに辿りつく。おそらくこの水族館の中で一番大きな生き物だけれど、ここでじっと立ち止まるお客さんは少ない。「クジラだって。大きいねー」と感嘆するだけで、すぐに次の水生生物に気を引かれて行ってしまう。

そんな場所で、円佳たちは立ち止まった。

「これがクジラだよ」

「……」

航太は、円佳の言葉と目の前に広がる光景を照合するように、じっと黙った。照合を終え、かくんと首をかしげた。

「これ、骨だよ」

「うん、クジラの骨。でも本物」

円佳が前回両親とこの水族館を訪れたのは、小学校の低学年のころだ。航太が生まれる前。その時ここで、初めてシロナガスクジラの骨格標本を見た。

ほかの水槽の中では、さまざまな色や形や大きさをした魚や海獣が泳いでいるというのに。吹き抜けにいるこのクジラだけは、色のない骨をむき出しにして、時間を止められてしまったかのようにじっと、とどまっている。

円佳は自室で航太にクジラの話をした時、このクジラのことを思い出していた。円佳は本物のクジラを知っている。泳いでいるクジラを生で見たことはないけれど、代わりに、生きているクジラではわからない、クジラの内側を知っている。

「クジラはちゃんといるんだよ」

航太の様子をうかがうと、ちょっと不服そうに黙りこんでしまっていた。やっぱり、航太は泳いでいるクジラを見たかっただろうか。それはホエールウォッチングでもしないと無理だ。

「ここ、イルカもいるよね？」

涼子の問いに円佳がうなずくと、涼子は航太に笑いかけた。

「航太くん。骨だけじゃいやだったら、イルカ見にいこうか」

「うん」

初めて水族館に来た航太にとっては、イルカを生で見るのも初めてだ。イルカのいる水槽をめざして歩きながら、涼子が教えてくれる。

「クジラとイルカって、大きさが違うだけで、同じ種類の生き物なんだって」

「そうなんですか」

体長四メートルあたりを境にして、大きいのがクジラ、小さいのがイルカ、なのだそうだ。

動かない骨格標本とは違い、自由に水中を泳ぎ回るイルカたちに、航太は目を見開いて興奮していた。航太にとっては、今生きて動いている生き物のほうが興味をそそられるらしかった。

「ありがとうございます」

お礼を言うと、涼子は「ん、なに？」と不思議そうな顔をした。

「クジラの実在を証明するためには、クジラの骨より泳いでいるイルカなんだなと思いました」

「え？　ああ」

涼子はちょっと笑っていた。

「いや、普通に、泳いでる生き物のほうが見てて楽しいでしょ」

「そうですよね」

イルカの水槽は大人気なので、長居しないようはやめに切り上げた。時間があったら、あとでもう一度見に来られるだろうか。

航太は目についた水槽一つ一つに張りついて、水中を泳ぐ生き物たちをじっと眺めた。メインだったはずの動かないクジラのことは、もう覚えていないかもしれない。

円佳は涼子と並んで、航太のペースに合わせて歩きながら、水槽にも視線を向ける。

「ペンギンってさ、水の中を飛んでるね」

ペンギンの水槽の前で、涼子が誰にともなくつぶやいた。

「ああ。空を飛ぶことを諦めた代わりとして、なんですかね」

氷を模《も》した白い地から、ペンギンは水へ飛びこんだ。黒い羽をはばたかせながら、青い水中を飛び回る。航太はそのペンギンの姿を、必死に目で追っていた。

「円佳ちゃんって、全部ちゃんと付き合ってくれるよね」

ペンギンの飛行につられるように歩を進めながら、涼子が笑って言った。言葉の意味をはかりかねて、円佳は涼子に顔を向ける。

「私が口にすることに、いつもちゃんとのってくれる」

円佳の視界の端で、泳ぎ回っていたペンギンが水面から飛び上がり、その勢いのまま上陸した。氷の上をよたよたと歩くおぼつかない足取りを心配そうにうかがいながら、涼子が話してくれた。

「私、思いついたこと、吟味《ぎんみ》する前に口に出しちゃうんだよね。そのせいで、時々無意識のうちに人を傷つけてることがあって、友達とも長続きしないの」

「……」

重たく沈みそうな台詞とは裏腹に、涼子の表情は、視線の先のペンギンを慈《いつく》しむように穏やかだった。

「今まずいこと言ったなって気づくのは、いつも言ったあとなのね。もう手遅れだったりするし、大丈夫だったりもするけど、大丈夫そうに見えて大丈夫じゃなかったりもする」

タイムマシンで自分の将来を全部確認したい、とは、涼子の抱くそういう不安から生まれた言葉だったのか。彼女が未来志向なのは、常に未来を案じているからか。

「高校入ってからは、固定の友達作るのやめちゃった。周りの人、できるだけ傷つけずに生きたくて」

私、友達いないんだよね、と、最初に円佳を映画に誘ってくれた時、涼子がそう言っていたことを思い出した。

ペンギンの隣の水槽で優雅に歩き回っているシロクマに視線をやった涼子が、首をかしげながら円佳に顔を向ける。

「シロクマなわりに結構黄ばんでるよね？」

手厳しい指摘に、円佳はつい笑ってしまった。口元が緩んだついでに、普段なら言わないだろうことを口にする。

「私は先輩の思い切りのよさ、好きですよ。私はいちいち悩んじゃうので」

円佳はいつも、一つ一つのことに足踏みしてしまう。だから過去にも未来にも、意識を向ける余裕がない。現在をなんとかやりくりするだけで、精いっぱいになってしまう。

敷地内にある飲食店で昼食をとり、夕方になるころには館内を一巡りし終えた。帰り際にもう一度、イルカの水槽を見にいった。イルカに夢中になる航太は、やっぱりサンタとクジラの話なんてもう忘れているに違いない。

円佳自身もそんなことはどうでもいい気がしてきて、自由に泳ぎ回るイルカに視線を奪われた。

とうの昔に命を失って、標本となってその場にとどまっているクジラより、今ここでヒレを動かして泳いでいるイルカのほうが、ずっと尊く思えた。


『下校時刻になりました。校舎に残っている生徒は速やかに帰宅しましょう』

口に馴染んだ定型文のあと、手元の原稿に目を落とす。今日の大事なお知らせだ。

『明日からは冬休みに入りますが、十二月二十四日には、演劇部のクリスマス公演が行われます。市民ホールにて、午後二時開場、二時半より開演です。生徒の皆さん、ぜひ足を運んでみてください。繰り返します――』

原稿を読み終えて『別れの曲』を流していると、ブースの扉が控えめにノックされた。先ほど放送室を出た涼子が戻ってきたのだろうかと思いながら、扉を開ける。

「片瀬くん」

円佳の口から名前がこぼれた。放課後の放送室に彼が来るのは初めてのことだった。

「どうかしたんですか」

颯哉は扉の開いたブースの中に、ちらりと視線を向ける。

「すみません、大したことではないんですけど」

まだ流れている下校の音楽を背景に、颯哉ははにかんだ。

「タイムトラベル、試してみてもいいですか」

「え……」

それは大したことじゃないのかと、続ける言葉をしばし見失う。だって、この放送室の伝説を実行するのに伴うリスクは大きすぎる。

「……本気ですか？」

おずおずと尋ねると、颯哉は首を横に振った。

「本気では、ないです。気休めというか」

気休め、と言葉を繰り返す。スピーカーから流れる音楽が、静かに終わった。しばらくしたら日直の先生が見回りに来て、はやく帰るよう促されてしまう。円佳がためらっている時間はなかった。

「スピーカー、この部屋だけオンにしておけばいいですか」

そうすれば、ほかの生徒や先生たちに聞かれるおそれはない。伝説のルール通りではないけれど、気休めならそれで充分だろう。

「はい」

颯哉はうなずいた。

「ありがとうございます」

円佳たちは金曜日の昼休みのように、放送機器の前に並んで座った。校内全体に『別れの曲』が流れるよう設定していたスピーカーの電源を、一つずつ切っていく。そして、放送ブースのスピーカーの電源だけを、入れたままにする。

颯哉は慣れた様子で、マイクの音量を上げた。ただ彼の横に座っているだけの円佳のほうが、なんだか緊張してしまう。

颯哉がすっと息を吸う、空気の流れを聞いた。

『十一年前――片瀬隆行《たかゆき》が高校三年生だった時の、クリスマス公演の季節に戻れ』

冗談みたいな台詞を、颯哉は大真面目に口にした。息が詰まるほどの緊張感が、この狭い放送ブースに満ちている。颯哉がマイクの電源を切り、ふっと息をつくと、その緊張も緩んだ。

円佳は、わかっていながらスマホの画面を見る。日付は当然今日のままだ。放送室は、タイムマシンにならない。

けれど颯哉は、よし、と小さくつぶやいて立ち上がった。

「気休めに、なりましたか」

「はい」

はっきりとうなずいて、清々しく笑った。

「これで、タイムトラベルができます」

クリスマス公演は、すぐそこだ。

第二章

放送室の扉が控えめにノックされて、ドアの向こうにいるのが誰だか、奈帆《なほ》たちにはすぐにわかってしまう。

扉に近い側の席に座る真波《まなみ》が立ち上がり、はーい、と弾んだ声で答えながら放送室のドアを開いた。予想通り、来客は隆行《たかゆき》だった。

「リクエスト、またお願いしていいですか」

隆行がカバンの中から取り出したCDに「いいですよ。またマニアックですね」と、あきれているというよりは楽しんでいる様子で、真波が答える。

「いつもリクエストありがとうございます」

「こちらこそ、いつも流してくれてありがとうございます」

放送室をあとにする隆行の姿を見届けて、真波は奈帆の向かいの席に戻ってきた。

「またサントラになっちゃうけど、いいよね」

「うん、大丈夫だよ。片瀬先輩のリクエストだって、きっとみんなもわかってるし」

今年仮創設したばかりの放送部は、生徒から募集したリクエスト曲を、毎日昼休みに流している。レンタルしたCDを持ってくる人が多いが、隆行のかけたい曲はレンタルショップにはないらしい。いつも私物を持ってくる。

「奈帆ちゃん、この映画知ってる?」

隆行から預かったCDのジャケットを、真波が奈帆のほうに向ける。

「初めて見た。ぜんぜん知らないや」

奈帆も映画は好きなほうだが、隆行が持ってくるサントラはいつも、全校の誰も知らなそうなマニアックな映画ばかりだ。奈帆は隆行のリクエストをきっかけに、自分では選ばないような映画に興味を持つこともあった。

演劇部三年の片瀬隆行は、演劇部の中でも突出した演技力を備えている。奈帆たちは演劇部の公演を毎回観にいっているので、彼の演技を何度も目撃してきた。演じる役は各公演によってまったく異なるのに、幕が開いてしまえば隆行はその登場人物とすっかり同化してしまう。奈帆はその度に、放送室で会う隆行本来の姿を見失った。

「先輩のお芝居って、もう見られないのかな」

圧倒される彼の演技を思い出しながらつぶやく。隆行を含む三年生の部員は、夏の大会後に行われた九月の公演で引退してしまった。

「次に見られるとしたら、きっと映画のスクリーンだよ」

真波が確信めいた笑みを深めた。


奈帆たちが入学したばかりの四月、この高校にはまだ放送部がなかった。だから、昼休みに新入部員の勧誘文句を放送していたのは、各部の部長たちだった。

放送機器に慣れていない生徒が多いからか、音量が大きすぎたり小さすぎたり、マイクに近づきすぎていたり離れすぎていたりして、うまく聞き取れなかった。中学の延長でまだ秩序のない一年生の教室ではなおさら。どの部がどんな活動をしているのか、把握できなかった生徒が多かったのではないかと思った。

その日の放課後、奈帆が別の教室を訪ね、「真波」と声をかけると、廊下側の席でのんびりと荷物をまとめていた真波が顔を上げた。

「奈帆ちゃん、どうしたの」

教室と廊下を隔てる窓から、真波が廊下に顔を出す。どことなくメルヘンチックなその動作につい頬を緩めながら、口を開いた。

「真波、もう何部に入るか決めちゃった？」

「ううん、まだ。演劇部の公演は観にいきたいなと思ってるけど。あ、奈帆ちゃんと一緒の部にしようかな」

いいことを思いついた、という感じに笑みを浮かべる真波に提案してみる。

「じゃあ、放送部はどうかな」

放送部、と繰り返して、真波はあいまいに首をかしげる。

「この高校にあったっけ」

「ないの。だから、これから一緒に作らない?」

奈帆と真波は同じ中学の放送部に所属していた。中学の放送部員のうち、奈帆と同じ高校に進学したのは真波だけで、真っ先に協力を頼めるのは彼女しかいなかった。

「いいね。楽しそう」

真波が言葉通り愉快そうに微笑んでくれて、奈帆は安堵した。一人で行動を起こすほどの度胸は持ち合わせていないけれど、真波が味方についてくれるなら、大いに心強い。

ひとまずこの日は、真波が観にいきたいという演劇部の公演に行くことにした。

「四時半から、演劇部の部室でやるんだって」

まだ慣れない校舎内の階段を上り、真波の言う通りに演劇部の部室をめざす。

「よく聞いてたね、放送」

「知り合いの先輩が、演劇部の公演は一回観にいったほうがいいよって教えてくれて。気にして聞いてたんだよね」

廊下の突き当たり、ほかの教室からの雑音が届きにくい位置に、演劇部の部室はあった。新入生を誘うように開け放された扉から、中の様子をうかがう。教室後方の床が一段高くなっていて、きっとそこが舞台なのだろう。その向かいにはパイプ椅子がずらりと並んでいるが、開演まで時間があるからか、空席のほうが多い。

「来てくれてありがとうございます。始まるまではこれを読んでいてください」

そう言って演劇部員らしき生徒が渡してくれたのは、モノクロ印刷のパンフレットだった。ありがとうございます、と一部ずつ受け取って、真波と並んでパイプ椅子に座る。すでに着席していた生徒の、制服の黒や紺はぱりっとしていて、彼らも新入生だとわかった。

膝の上でパンフレットを開いていた真波が、「あ、この人」とページを指さした。真波の膝を覗きこむと、キャスト紹介の〈主演：片瀬隆行（三年）〉という名前があった。

「この人の演技、すごいんだって」

演劇部全体が、だけではなく、演劇部員が個人として注目されることもあるのかと驚いて、へえ、と声を漏らす。

パンフレットを読みふける真波の隣で、奈帆は放送部のことを考えてみた。真波と一緒に作ってみようと思い立ったのはいいけれど、冷静になってみれば、新しく組織を立ち上げることがどれほど大変なのか、未知数で気が遠くなった。最低限、部員を集めたり、顧問になってくれる先生を探したりはしなければならないだろう。たった二人でそんなことが可能だろうか。

だけど奈帆のそんな不安は、四時半を迎えて開演した劇を前にした途端、春風に吹かれるように飛んでいった。ほんの階段一段分、高くなっている舞台。そこに現れた片瀬隆行の見せた仕草や表情に、あっけなく注意を奪われてしまった。

美しい、と感じた。その公演での隆行の演技は、奈帆の目に美しく映った。隆行が発する台詞は、まるで春に溶け残った雪のように幻想的にきらめいて聞こえた。確かにそこに存在しているのに、近づいて触れたら溶けてしまいそうな儚《はかな》さを併《あわ》せ持っていた。

公演が終わると、裏方を含む部員全員が舞台に集まり、観客に向かって頭を下げた。

「最後までご覧いただき、ありがとうございました」

客席から、精いっぱいの拍手を送る。公演中の隆行に感じていた繊細さはいつのまにか消えていた。彼ははっきりとした存在感を持つ一人の男子高生だった。特別目立つような端整な顔立ちというわけではないのに、彼の表情には一つ一つ意志があって、それに惹きつけられてしまう。

隣の真波に視線をやると、真波の瞳は一途に、演劇部の活動について話す隆行の姿を捉えていた。

放送部員は結局その後も人数を増やすことはできず、顧問の先生もついてくれなかった。だから正式な部としては認めてもらえなかったけれど、校内の放送の仕事を一手に引き受けることは許された。委員会や先生から依頼されたお知らせを、昼休みに放送する。校内の放送係といったところだ。

次第に事務連絡の放送だけでは味気なくなって、生徒から曲のリクエストを募集し始めた。予想以上に好評だった。隆行のようにわざわざCDを持ってきてくれる生徒もいれば、誰かのリクエスト曲を楽しみに聴いてくれる生徒もいる。

部活らしい部活ではないけれど、奈帆はこの放送部での活動が好きだった。

◆

ほかの部員たちが発声練習をしているのを横目に、景介《けいすけ》は一人、机に向かっている。

まったく進まないまま、ずいぶん時間が経っていたらしい。もう十月に入ったというのに、シャーペンを握る右手にはじっとりと汗をかきはじめていた。

少し休憩しようと、一旦ペンを置く。無意識にため息をついたら、体中の空気が抜けてしまった気がして、机に伏せた。今日の部活は、ずっと白紙とにらめっこすることになりそうだ。

クリスマス公演の脚本は一年生が書く、というのが演劇部のしきたりだった。今年の一年生は景介を入れて二人しかいない。挑戦してみたくて、景介が自ら手を上げたのだけど、どこから手をつけたらいいのかわからなかった。

「深沢《ふかざわ》、大丈夫かー」

心配半分茶化し半分の声が降ってきて、「いや、ぜんぜん……」と重たい体を起こすと、声の主と目が合う。驚いて、つい小さく肩を揺らした。

「あ、先輩」

先月演劇部を引退したはずの隆行だった。

「どうしたんですか」

「ちょっと様子見にきた。俺、もう受験終わっちゃったからさ、ほかの三年生ほどは忙しくないんだよね」

隆行はすでに、推薦で進学先が決まっている。東京で、本格的に演劇の勉強をするらしい。景介はそんな隆行のことを、距離の遠いところから、格好いいなと眺めることしかできない。景介だって隆行と同じ演劇部員であることに違いはないのだけど、どうしても、自分とは違う世界にいる人なのだ、という諦めにも似た尊敬の目で見てしまう。

「これまでの公演の脚本とか、参考にしてみてもいいかも。無理そうだったら、誰でもいいから相談しなよ」

「ありがとうございます」

がんばれ、と、ぽんと背中をたたいてもらう。それだけでちょっと気が楽になった。がんばります、と口にしてみる。

かつての公演に使われた脚本はすべて部室に保管されているので、それらを棚から抜き出した。役者の人数が近いものを中心に参考にして、構成を組み立てようと試みる。が、今年の部員はやや少ない。役者の人数が微妙に足りない。一人か二人でも増えたらまだ広げられそうなので、兼役ができるよう登場シーンを調整しながら書くか。でも、自分にそんなことができるのかは、怪しいところだ。

「どう。順調？」

さっきまでほかの部員たちにアドバイスをしていた隆行が、また進捗《しんちょく》を心配しにきてくれた。

「……ぜんぜんです。今の部員数だと登場人物の人数が限られるので、どう話を進めたらいいかわからなくて」

そうか、と隆行は小さくつぶやいて、数の少ない部員たちのほうに視線をやってから、景介に顔を戻す。

「あと一人増えたら、多少は変わる？」

「だいぶ変わると思いますけど……」

なんの一人だろうと景介が首をかしげると、隆行はあっさりと言った。

「よし、じゃあ俺も参加するよ」

「え」

「というか、やらせてほしい。大学入るまで演技から離れてると、感覚を見失いそうだから」

「本当ですか。お願いします」

演者が一人増えるだけで、話の幅を広げられる。隆行のような演技力抜群の人が加わってくれるならなおさらだ。景介は俄然《がぜん》背筋を伸ばして、真っ白なままだった紙に向かう。

景介は隆行に演じてほしい役柄を最初に考え、それをもとに脚本を書き進めていった。もちろんメインは一、二年なので、隆行の出番を多くしすぎてはいけないけれど、見せ場は入れた。景介自身が、そのシーンを演じる隆行を観たかった。

ちょうど前期の期末テストが終わったばかりだったので、勉強を後回しにしてひたすら机に向かい、曲がりなりにも書き上げた。部員たちにはおおむね好評だったし、顧問の許可も下りた。

翌日の放課後、隆行の教室を訪れて、脚本を渡した。

「ありがとう。はやめに読んだほうがいいよね？」

「そうですね。お願いします」

隆行の感想を聞いてからでないと、ほかの部員も練習が始められない。隆行は「今読むよ」と自分の席について読み始めた。手持ち無沙汰に立ったままでいると、「読み終わったら部室に持っていくから、先に部活行きなよ」と隆行が苦笑する。

「いや、……待ってます」

隆行からどんな反応が返ってくるだろうと想像すると緊張してしまい、一人で先に部室へ行く気にはなれなかった。隆行の鬼気迫る演技を見たいあまりに入れたのは、自殺シーンだ。顧問の先生からはなんとか許可をもらったけれど、隆行本人が反対するようなら、変更しなければならない。

教室から生徒が次々と出ていき、やがて二人が取り残されたころ、脚本に目を通し終えた隆行が、なるほど、とつぶやいて顔を上げた。

「俺、自殺しなきゃいけないのか」

隆行の瞳には迷いが浮かんでいて、景介は必死に説得を試みる。

「お願いします。そこをきっかけに、物語が本格的に動き出し始めるので」

必死な響きをまとう自分の声が、口から出ると同時に耳へ戻ってくる。景介は、どうしてもこのシーンを隆行に演じてほしいと願っている自分に気がついた。

「うん、そうだよね」

隆行は少し悩ましげに脚本を眺めたあと、ん、と一度うなずいた。

「わかった、やってみる。やるからには本気でいくよ」

ありがとうございます、と景介は深く頭を下げた。歓喜と期待のあまり、手のひらを力強く握りしめた。

◇

寒い寒い、と手をこすり合わせながら、真波が放送ブースに滑りこんでくる。隙間風が入る隙すらないほど密閉されたブースは、十二月に入ってもかろうじて暖かい。

同じ放送室内でも、ブースの中と外とでは気温が多少違うような気がする。

「今日スープ持ってきたよ。奈帆ちゃんも飲む？」

真波が魔法瓶を掲げて見せ、蓋《ふた》を開ける。午前だけで四つも授業をこなして充分空腹になっているのに、魔法瓶から漂うコンソメの香りが奈帆の食欲をさらに刺激する。

「うん、飲みたい」

奈帆は自分の水筒の蓋を開けた。蓋がそのままコップになっているので、それを真波に差し出し、注いでもらう。

「ありがと」

熱いスープから、白昼夢のようにふわふわと白い湯気が生まれては、放送ブースの透明な空気の中に、すうっと霧消《むしょう》していく。

「冷めちゃうからはやく飲みなよ」

「あ、うん」

真波に急かされ、ゆっくりと息で冷ましてから、おずおずと口をつけた。琥珀《こはく》色のコンソメスープは、飲み下したあとも幸福な後味を残して体内に残る。

「これ、おいしいね」

「でしょ。ま、インスタントなんだけど」

「なんだ」

笑って、真波もスープに口をつけた。

「また明日も持ってこようか」

「うん、ぜひ」

放送を始める時間になったので、一旦お弁当を食べる手を止めた。先生や委員会から頼まれたお知らせを、真波と交代で読み上げていく。すべて終えたらリクエスト曲を流す。

隆行のサントラは昨日流したばかりなので、今日は別の生徒のリクエストだ。奈帆はプレイヤーにCDをセットし、真波が曲名を読み上げたタイミングで、再生ボタンを押した。

仮放送部員は四月から変わらず二人しかいないけれど、曲を流しながらブース内でお弁当を食べられるという特権がある。教室に戻ってから食べるのでは時間が足りないから、という言い分を掲げ、二人だけの秘密基地のようなこの場所を楽しんでいた。昼休みの時間を長くしようという案が生徒会で出ているようだけど、実現するのははやくとも来年度以降だろう。

「そういえばさ」

こくっとコンソメスープを飲み干した真波が、うきうきとした笑みを浮かべて話し始める。

「クリスマス公演、片瀬先輩も出るんだって。深沢くんから聞いたの」

景介は真波のクラスメイトだ。何度かリクエストのCDを持ってきてくれたことがあるので、奈帆も彼のことを知っていた。

「そうなんだ」

部活を引退したからもう見られないものだと諦めていたのに。クリスマス公演がなおさら待ち遠しくなった。

「今回の片瀬先輩、本当にすごいらしいよ。これまでの公演超えてくるって」

興奮を抑えきれない様子で真波が話す。九月にあった三年生の卒業公演の演技もすごかったのに、今度はそれ以上と聞いてしまえば、いやがうえにも期待が高まる。クリスマスの季節をこんなふうに純粋に楽しみにできるなんて、いつぶりだろうと思った。

放課後、放送室の扉がノックされ、はーい、と答えた真波が扉を開く。リクエストの受付役はいつも真波だけれど、隆行が来た時、彼女の声はとりわけ弾んでいる。

「次はこのCDをお願いします」

「わかりました。いつもリクエストありがとうございます」

このCDのジャケット格好いいですね、などと話している真波の背中を見守りながら、奈帆は昨日流した隆行のCDを返却しなければならないことを思い出した。

生徒から預かったCDをまとめて保管している段ボールを覗く。レンタルショップで借りたらしいCDには、何日までに返さなきゃいけないのでその前に流してください、などとメモした付箋《ふせん》が貼られているものもある。基本的には預かった順だが、こういうメモも参考にしてその日流す曲を選ぶ。隆行のサントラはいつも私物なので、そんなメモは必要ない。

隆行の映画談義に付き合う真波は、理解できないなりに楽しそうだった。奈帆からすれば、真波の思いはこちらがどきどきしてしまうほどあからさまだけれど、隆行のほうに感づいている様子はなかった。映画や演劇のことしか頭にない人なのかもしれない。

「俺の一番好きなサントラで。いつも部屋で流しているんです」

この曲をお願いします、と、隆行は裏面に記されたセットリストの、一番上の曲名を指した。『初雪は星のように』。映画と同じタイトルの、メインテーマらしい。金色の文字が輝いている。

奈帆がすっかり気に入ってしまったからか、真波はここ一週間、毎日コンソメスープを持ってきてくれる。真波は魔法瓶の蓋兼コップを開け、そこにスープを注いだ。

「奈帆ちゃんも飲むよね」

「うん。ありがとう」

奈帆も自分の水筒の蓋を差し出し、スープを入れてもらう。熱々のスープに猫舌の奈帆がなかなか口をつけられずにいると、いつもはすぐに飲んでしまう真波も「熱っ」と顔をしかめた。

「ごめん、今日のスープ熱かったよね？　遅刻しそうだったから、ぜんぜん冷まさずに入れちゃって」

遅刻しそうな朝でもちゃっかりスープを持ってくる真波につい笑う。魔法瓶は本当に魔法のように、今朝の温度をそのまま保っているらしい。もう少し冷めてから飲むことにして、先にお弁当に手をつけているうちに、放送を始める時間になった。

今日のリクエスト一曲目は、先週隆行から預かった『初雪は星のように』というタイトルのサントラだ。奈帆はケースを開けてＣＤを取り出し、プレイヤーにセットする。真波が曲名を告げるのを待って、再生ボタンを押した。

曲を流している間はお弁当を再開できるので、席に戻る。

「やっぱりこのジャケット格好いいな」

そう言って、真波はＣＤのケースを手に取って眺めだした。瑠璃色の夜空を背景に、星と雪が降り、薄く積もっている。タイトルロゴのきらめく金色と、人々のシルエットの黒が、対照的で綺麗だ。素敵なのは、ジャケットに限らなかった。知らない映画の知らない曲なのに、ぽろぽろとこぼれるように鳴るピアノの音の並びの中に、郷《きょう》愁《しゅう》に近い懐かしさを感じる。

隆行もこのサントラが一番好きだと言っていたことを思い出して、奈帆はこの曲が流れる映画を観てみたくなった。今度隆行が放送室を訪れた時、この映画について詳しく聞いてみようか。でも、隆行が語る映画の話はきっと長くなってしまうのだろうと、ようやく冷めてきたスープを少しずつ飲みながらのんびりと考えているうちに、ピアノの音が静かに遠ざかっていった。

次の曲を再生し、流し終えた隆行のＣＤを仕舞おうとしたが、プレイヤーの近くにケースが見当たらなかった。

「あれ、ケースどこに置いたっけ」

慌てて辺りを見回していると、真波が「ごめん、あっち」とお弁当を広げている机のほうを指さした。さっきジャケットを眺めていたから、そのままそこに置いていたらしい。

ＣＤに傷をつけないよう、慎重に持って真波の席に近寄り、ケースを左手で開く。ジャケットだけでなく、内側にも星空が広がっていて、このまま吸いこまれてしまいそうだ。

星の渦の中にCDを仕舞おうとして、その手が、蓋の開いたままだった魔法瓶に当たり、倒れる。熱いスープが奈帆の手元にこぼれ、星空ごと机の上を浸した。

◆

景介が三年生の教室を覗くと、クラスメイトとお弁当を食べている隆行の姿を見つけた。声をかけようとしたが、スピーカーから流れる音楽がちょうど隆行のリクエスト曲らしかったので、それが終わるまでは廊下で待っていることにする。

来週に迫ったクリスマス公演について、今日の部活で行うリハーサルの前に、隆行に確認しておきたいことがあった。曲が終わったタイミングで、隆行を廊下に呼ぶ。

自分のリクエストした曲が聴けたからか、隆行は機嫌がよさそうだ。自分の好きな曲や映画をほかの人に知ってもらえるのは、確かにうれしい。景介が公演についての相談を始めるより先に、隆行は意気揚々と語り始めた。

「今の、いい曲だろ。映画自体も最高にいいんだけど、特に注目されたのが音楽で。

映像にぴったりなんだよ、曲を聴いてるだけでシーンが浮かぶくらい」

冬が深まってきた冷たい廊下に、隆行の映画に対する熱が弾けていく。さっきまで感じていた寒さも、もはや気にならなくなってきた。

「このサントラ手に入れるの、大変だったんだ。どこ探しても見つからなくて」

「じゃあ、どうやって手に入れたんですか」

景介が尋ねると、よくぞ聞いてくれましたという顔をして、

「サンタが来たんだ」

「サンタ?」

隆行が口にした想定外の言葉を、思わず繰り返してしまう。サンタ。その幼げな響きを持つ言葉を、隆行が発したことが新鮮だった。

隆行はうなずいて、

「高一のクリスマスにね。もう来ないはずだったのに、二十五日の朝、枕元に置いてあって。この時ばかりは信じたくなったな」

確かにそれは信じたくなってしまう。信じたくても、信じられないけれど。景介のところにも、サンタはもう来ない。

「どうしてサンタって、ある年から突然来なくなるんでしょうね」

冗談めかして問うたが、景介はその答えを、かなり本気で知りたかった。隆行は景

介の冗談めかした部分だけを受け取った様子で、さあね、と気軽に笑った。

公演についての相談は手早く済んだ。映画の話のほうが長かったくらいだ。景介が隆行に背を向けたところで、あ、と隆行の声が聞こえた。確認しそびれたことがあったんだろうかと、立ち去りかけていた足を止めて振り返る。

「どうしたんですか」

「サンタが来なくなるのって」

「え」

戸惑う景介に満足げな笑みを浮かべ、隆行は続ける。

「サンタを信じる側じゃなく、信じさせる側になるためなんじゃないかな。なにかを信じるには純粋な心だけじゃなく、それを信じさせてくれる人も必要だろ。信じる人と、信じさせる人、両方がいて、この世界は成り立ってるんだから」

そんなちょっとくさい台詞も、隆行が言えば、景介にとっては紛《まぎ》れもない真実になった。

「そうか。きっとそうですね」

隆行はやけに子どもっぽい笑みを浮かべて、それじゃ、と教室に戻っていった。景介も自分の教室へと、静かな廊下を歩く。

二曲目のリクエストを流し終えたスピーカーは沈黙していた。いつもなら三曲流れるのに、今日はなぜか、いつまで経っても三曲目は流れなかった。

◇

放送室の扉が控えめにノックされて、ドアの向こうにいるのが誰だか、奈帆たちにはすぐにわかってしまう。いつもなら真波が対応するが、彼女より先に奈帆が立ちあがった。慎重に扉を開けると、案の定、そこには隆行がいた。

扉を開けたのが真波ではなく奈帆だったからか、隆行はやや驚きの色を浮かべながらも、特に気には留めない様子で、カバンからCDを取り出す。

「今日も流してくれてありがとうございました。次のリクエスト、お願いしていいですか。冬休み前に流してくれるとありがたいんですけど」

お気に入りのサントラを、流したその日のうちに迎えにきた隆行の表情は、いつにも増してうれしそうだ。奈帆は今から隆行の気持ちを突き落とすことになるだろうことが恐ろしくて申し訳なかった。今すぐ自分の存在ごとこの事故もなかったことになってしまえばいいのに、という叶わない思いが、奈帆の頭のてっぺんから爪先までを埋め尽くす。

あの、と切り出した声は滑稽なほど震えていた。摑んだままだったドアノブをさらにきつく握りしめる。異変に気づいたらしい隆行は、不審げに首をかしげた。

「片瀬先輩に、謝らなきゃいけないことがあるんです」

真実を切り出すのを一秒でも遅らせたいという姑息《こそく》な考えがよぎって、そんなくだらない前置きをした。隆行が傷つく瞬間を少しでも先に延ばしたかった。

悪い予感を察知させてしまい、隆行の顔がさっと青ざめる。正直に伝えるしか道はないのに、息を吸ったら喉の奥がからからに乾いていて、うまく声が出なかった。

「先輩のＣＤ、壊してしまいました。本当にごめんなさい。二人で弁償します」

はっきりとした声でそう言って深く頭を下げたのは、いつのまにか奈帆のすぐそばに立っていた真波だった。慌てて奈帆も頭を下げる。ごめんなさい、と掠れた声で叫ぶように言う。

隆行の顔を見られなくて、しばらく頭を下げたままでいた。隆行を怒らせてしまったに違いないと震えながら、足をひきずるように進む沈黙の時間に耐えていた。

「なにがあったの」

そう問う隆行の声は、いつもと変わらない穏やかさを携《たずさ》えているように聞こえた。

顔を上げた奈帆たちは、言い訳がましくならないよう気をつけながら、すべてを説明した。奈帆がケースにCDを仕舞おうとした際に、スープの入った魔法瓶を倒してしまったこと。そのスープがCDやジャケットにかかってしまったこと。CDのレーベル面が濡れてふやけてしまったこと。慌ててタオルで丁寧に水気をとったこと。二つ目のリクエスト曲のあと、隆行のCDの状態を確認するため再生してみたら、ところどころ音が飛んでしまっていたこと。何度もやったらもっと状況が悪化するような気がして、それ以上はなにもしていないこと。

「もう一回流してみてもいい？」

「はい」

放送ブースにだけ音が流れるよう設定して、CDをセットする。隆行が再生ボタンを押すと、重い腰を上げるように、音が立ち上がった。昼に奈帆たちが確認した時のように音が飛んだりはしていない。ああ、よかった、とこぼしてしまいそうになったのを、直前で思いとどまる。よかった、なんて奈帆が安易に口にしていい言葉ではない。

「ちゃんと流れるよ。大丈夫。そんなに音質落ちてないし」

そんなに、だ。多少は落ちている。奈帆ですら、音が悪くなったのがわかる。いつも聴いている隆行は、もっと強烈にそう感じているに違いなかった。

それでも隆行は、大丈夫だからと笑った。弁償はさせてもらえなかった。

「言いふらしたりしないから、これからも今まで通り、リクエスト曲の募集続けてよ。楽しみに聴いてるから」

　隆行はそう言い置いて、二枚のＣＤを手に出ていった。放送室に満ちていた緊迫感が、気の抜けたような真波のため息で、細長く切り開かれていく。

「先輩、許してくれてよかった。ＣＤもなんとか流れてくれたし」

　奈帆を振り向いて、真波がほっとしたように笑って言う。

「やっぱり持ち主本人に流してもらえるほうが、ＣＤもうれしくて音を奏でちゃうのかな」

　真波の朗らかな考え方に、「そうかも」と答えた奈帆も、ようやく気が緩んで笑みがこぼれた。

「真波まで付き合わせちゃって、本当にごめん。悪いのは私なのに」

　喉が詰まって言葉がうまく出てこなかったところを真波に救ってもらえて、本当に助かった。

「いいよ、私には謝らないで。魔法瓶の蓋を開けっぱなしにしてたのも、ケースをお弁当の近くに置いてたのも私だから」

　真波の声が、頼りなげにだんだんと萎《しぼ》んでいく。そうだとしても、実際スープをＣＤにこぼしたのは、奈帆一人の不注意のせいだ。

隆行は次にリクエストするはずだったCDも持って出ていったから、もう二度とリクエストには来てくれないかもしれない。

「クリスマス公演を観にいくだけなら、大丈夫だよね」

真波が不安げな表情を浮かべて奈帆を見る。隆行が放送部を避けることはあっても、こちらから隆行を避ける必要はないはずだ。顔を合わせるのは気まずいけれど、舞台の上の隆行を観にいくことは、許されるはずだ。

「大丈夫だよ、きっと。今回が最後だし」と、奈帆は自分にも言い聞かせるように言った。

◆

ねえ、と背中から声をかけられた。景介が何気なく振り向くと、ナイフの刃先が向けられている。慌てて数歩後退したら、ナイフの持ち主が意地悪に笑った。

「ごめん、そんなに驚かれると思わなかった。これ、偽物だよ」

隆行がナイフを自分の腕に振り下ろしてみせる。だけど傷はつかない。今回の劇の小道具だとわかる。

あ、ああ、と景介はだんだん冷静さを取り戻した。大げさに驚いてしまった自分が恥ずかしい。

刃渡り十センチくらいの、スマートなナイフ。偽物だと知ってしまえば、もう偽物にしか見えない。種のわかったマジックのようなもの。でも、そのマジックを繰り出すマジシャンが、隆行だったら話は別だ。隆行は手品師じゃなく魔法使いだから、彼の演技は魔法となって、偽物のナイフも本物に見せてしまうに違いない。

「リハ終わったら、このナイフもほかの小道具と一緒にしておいてくれる？」

「わかりました」

クリスマスイブを一週間後に控えた通し練習は、体育館のステージを使ってのリハーサルだ。冒頭のシーンから通してみて、気になる点はどんどん変更していく。

裏方の景介は、舞台袖から隆行の演技に見惚れた。隆行が台詞を発した瞬間や、なにか行動を起こした瞬間、彼の立つ場所は体育館のステージではなくなる。すべてがリアルになって迫ってくる。確かにもとは景介が書いた脚本で、景介が考えた台詞のはずなのに、隆行が発する台詞は台詞ではなかった。その瞬間に生まれた隆行自身の言葉だった。何度同じ台詞を聞いても、毎回新鮮に衝撃を受けてしまう。

隆行は、本当に俳優になるのだろう。景介は勝手に確信して、本人にもそう伝えてしまった。ありがとう、と言って浮かべた隆行の照れたような微笑みに、景介は、小さな違和感を覚えた。表面は普段となにも変わらないように見えるのに、笑った時に口元からこぼれる隆行の中身の色が、いつもよりほんの少しだけ、くすんでいるような気がした。

気のせいだろうと自分に言い聞かせながらも、ひょっとして無理をしているのではないかと少し不安になる。隆行の出ないシーンについて役者たちが話し合っている最中、隆行に近寄って声をかけた。

「片瀬先輩」

「ん？」

演技についての話だと思わせてしまったらしく、隆行は台本を手に、緊張感のある顔で景介を見た。

「先輩、体調悪かったりしないですか」

「え、大丈夫だけど。どうして」

虚をつかれたような顔で、隆行は首をかしげた。

「いや、なんでもないです。すみません」

やはりただの気のせいだったらしい。リハーサルはその後も問題なく進んだ。

隆行が自殺をする重要なシーン、景介は舞台袖から見ているだけでぞくぞくした。

閉めきった幕の向こうから聞こえ続けている運動部員たちの声が、そのシーンの間は鼓膜からふっと遠のいた。前回部室で練習した時よりも、リアリティを増している。偽物のナイフは、やっぱりぜんぜん偽物に見えなくて困った。はやくこれを本番のステージで、たくさんの人に観てもらいたくなる。

隆行の様子が少し変に見えたのは、このシーンのために気持ちを作っていたからか。勘違いした自分の未熟さを情けなく思ったけれど、隆行の迫力ある演技を前に、どうでもよくなってしまった。

◇

市民ホールの入り口前には、すでに演劇部のクリスマス公演を観にきた人たちの長い列ができていた。来るのが遅かったかと少し後悔しながら、最後尾に並ぶ。

「楽しみだね」

真波は白い息を吐きながらそう言って、寒そうにマフラーをぎゅっと握りしめている。ね、と笑ってうなずきながらも、奈帆の心の内では、真冬の息のような白ではない、暗く濁った靄《もや》が渦まいていた。

隆行は奈帆を許していないんじゃないかという不安が、隆行に謝ってからも、ずっとわだかまっている。

二学年下の奈帆たちに対していつも敬語を使ってくれていた隆行が、あの時は焦りの滲むようなため口になった。芝居上手な隆行は、表情や仕草には見せなかったけれど、言葉の末尾にまでは気が回らずに、奈帆を恨む気持ちが小さく表出してしまったんじゃないか。日に日にそんな思いが膨らんできて、奈帆の靄はその暗さを次第に濃くしている。

やがて開場時刻を迎え、ホールの扉が開いた。じりじりと進む列に合わせて進み、少しずつホールに近づいていく。その入り口で、来場者にパンフレットを配っているのは隆行だった。あの日以来一度も放送室を訪れていない隆行と、一瞬とはいえ顔を合わせなければならないことに緊張を感じて、奈帆の体は不自然に固まり始める。

「おにいちゃん、がんばってね」

奈帆たちの少し前に並んでいた小さな男の子が、隆行からパンフレットを受け取る時、そう声をかけていた。隆行の弟だろうか、その男の子の姿を、奈帆は以前の公演でも見かけたことがあった。

ありがとう、と隆行は頬を緩めた。男の子と奈帆たちの間に並んでいるのは十人ほど。小さな応援を受け取ったばかりの隆行の前に奈帆が現れたら、隆行を少なからず不快にさせてしまうのではないかと、怖くなった。

「先輩、次代わります」

けれど奈帆の抱いた恐怖は、別の演劇部員が隆行に声をかけたことによって、風船から空気が抜けるようにあっけなく萎んだ。パンフレットの配布係は、隆行からその部員に交代し、隆行は「頼んだ」と言い残してホールのほうへ歩を進めた。すぐそこに奈帆たちが並んでいたことには、気づかなかったようだった。

その部員からパンフレットを受け取り、会場に入って席につく。キャスト紹介のページを開くと、隆行が演じるのは、主人公である男子高生の先輩だとわかった。〈片瀬隆行〉という名前を目にするだけで条件反射のように生まれる罪悪感から意識を逸らし、〈脚本：深沢景介（二年）〉という情報を拾い上げた。

「脚本書いたの、深沢くんなんだね」

気を紛らせたくて、奈帆は真波に話しかけた。真波はいつも通りの明るい調子で答える。

「そう。休み時間も真剣になって書いてたよ。片瀬先輩の演技、絶対すごいから楽しみにしててって」

その演技を引き出すきっかけは景介の書いた脚本のはずなのに、脚本がすごいから楽しみにしてて、ではないところが景介らしいと思った。

まだ幕の開かない舞台にふと目をやった時、奈帆たちの一列前に、さっき隆行に声をかけていた幼い男の子が座っていることに気づいた。隣の席に座る母親らしい女性と、こそこそ内緒話みたいにささやき合って笑っている。

「楽しみ」

ふふ、と、無邪気な声が漂ってきた。

◆

幕が開く前の舞台の上を、男子高生の部屋に変貌させていく。三十分後の開演に間に合うよう、てきぱきと手を動かしていると、パンフレットの配布をしてくれていた隆行が戻ってきた。なるべく一、二年だけで仕事をやりくりしたいところだが、部員数が少ないのと、隆行が積極的に協力してくれるのとで、結局頼ってばかりになってしまう。

その隆行の姿をこっそりと目で追いながら、景介はわずかに胸騒ぎがしていた。隆行の横顔に今日もうっすらと陰が見えるのは景介の気のせいか、隆行の真面目な役作りのためか、あるいは。

どうにも不安になった。舞台の準備を終え、諸々の最終確認を済ませたあと、隆行に声をかけた。隆行の洗練された気持ちに水を差してしまうかもしれないと思いながらも、そうせずにいられなかった。

「先輩」

景介の呼びかけに振り向いた隆行の微笑みには、やっぱり、どうにも拭いきれない翳《かげ》りみたいなものが透けて見えた。

「どうした」

「体調悪かったりしないですか。いや、体調じゃなくてもいいんですけど。なにか」

すがるように景介が問いただすと、隆行は困ったように笑った。それを見て、景介はまた自分の杞憂だったのだと悟る。気のせいだったらいいという願望も手伝って、隆行の笑顔を素直に信じかけた時、

「深沢、公演終わったら、少し時間ある？」

隆行は何気ないふうを装ってそう言った。装っているのだと、景介にはわかってしまった。

大丈夫です、と答えた声は少し上ずった。

◇

『先輩』

主人公の呼びかけに、舞台上の隆行が振り向く。その物憂げな表情がスポットライトに照らしだされた途端、奈帆の肌はぞくりと粟立《あわだ》った。心に薄暗い部分を抱えていながら、その正体をあらわにはしない人の表情だった。

主人公の先輩、という肩書だけ見れば、隆行自身と〈先輩〉の立場は遠くないはずなのに、〈先輩〉の表情の中に、普段の温厚な隆行の姿はなかった。肩書が似ているからといって、隆行の役への寄り添い方は、もっと立場の異なる役の場合と変わらないのだろうとわかる。

『あいつがいなくなって……これから僕は、どうしたらいいんですか』

『知らないよ』

苛立ちのこもる隆行の声の奥には、作り物だとは思えない悲哀が潜んでいた。

『俺だって、わからない』

心臓が引き絞られたような痛みを感じた。彼が抱いている苦しみが、奈帆の心にもそのまま映し出された。

『どうして自分が生きてていいのか、ぜんぜん、わからないんだよ。俺』

そう言い置いて離れていく彼の背中に『先輩』と叫んだ主人公の声を残して、舞台が暗転した。今にも切れそうなほどに引っ張られていた緊張感の糸が、ほんの少しだけ緩む。無意識のうちに止めていた息をそっと吐きだすと、スポットライトが、舞台の中央で孤独に立つ隆行を、白く照らし出した。

不気味に沈んだ表情を浮かべた彼が、制服のズボンのポケットから、慎重に取り出したものがあった。スポットライトを反射して、それは怪しげに光る。

『あいつがいなくなったのは俺のせいなんだ』

彼はそのナイフを自らの首元に近づけた。『だから……』と、つぶやく声は掠れている。

『俺は、俺に、死刑判決を下す』

乾いた声で最後に一言、そう言った。

銀色のナイフを首に押し当て、苦悶と安堵の狭間のような表情で、その場に倒れる。

もちろん、そういう、お芝居。血は出ない。舞台にはただ、隆行の体と、偽物のナイフがあるだけだ。このリアリティはどうかしていた。隆行は本当に死んでしまったのだと、思わずにいられなかった。

それから、はっと弾かれたように気づく。奈帆たちのすぐ前の席に座っている、幼い男の子。

「おにいちゃん……？」

不安げに揺れるろうそくの炎のような、頼りない声がした。

ステージ上の隆行は倒れたまま、呆けた顔でぼんやりと虚空を見つめていたが、やがてぐったりと瞼を閉じた。

しんと静まるホールの中に、「おにいちゃん！」という悲痛な叫びが響き渡ってしまった。客席全体がざわめいて、幾人かの視線が声のほうに向けられる。

それでも、隆行はもうぴくりとも動かなかった。彼の姿を隠すように、ステージが暗くなった。

「ねえ、おにいちゃんどうしたの？」と、慌てた様子で尋ね続けるたどたどしい言葉が、奈帆の耳に届いてきて苦しかった。

ステージに明るさが戻る前に、男の子たち二人はホールを出ていった。

◆

ありがとうございました、という部長の声に続いて、全員で頭を下げる。終演後、舞台の上で拍手に包まれる感覚が好きだ。無事に公演を終えたことへの祝福として一身に受け止めて、景介は何度も頭を下げる。

拍手が鳴りやむより先に、幕が閉まった。舞台袖に引き上げ、道具の片づけを始めようとすると、隆行が「みんなごめん」と頭を下げた。

「なにがですか」

今日の隆行の演技は、リハーサルよりまた一段と迫力を増していた。謝ることなんて、あるはずがないように思えた。

「俺の従弟が声出しちゃって。あれで一瞬、会場の雰囲気くずれたから」

「いや、先輩が謝ることじゃないですよ。先輩の演技がすごすぎたからですし」

部長の言葉に全員がうなずく。隆行の演技がそれだけの力を持っていたという証明にほかならない。申し訳なさそうに顔をこわばらせていた隆行は、ありがとう、と頰を緩めた。

それでもなお、隆行の横顔には陰が見えた。もう公演は終わったのに。役に集中する必要はなくなったのに。

隆行の表情の奥に透けて見える陰には、役者としてじゃない、隆行自身に関する理由があると、景介は確信せざるをえなかった。

◇

奈帆たちがホールを出るころ、時間をスキップしたかのように、いつのまにか空が闇色に沈んでいた。二時間以上の上演だったけれど、それほど長い時間が経っていた気がしない。

「暗くなるのはやいね」

クリスマスイブの午後五時は、すっかり暗い上にしっかり寒い。体の表面は寒さに震えながらも、内側では、完成度の高い舞台を観たばかりの温かな興奮で満たされている。さむ、と手袋に包まれた両手をこすり合わせる真波の表情も、充実感に溢れていた。

「片瀬先輩、格好よかったな」

　真波のつぶやきに、奈帆は黙ってうなずく。隆行の出演するシーンはいつも、〈先輩〉が秘める不穏なオーラのようなものによって、ホール全体が支配された。ドラマや映画などの画面越しの演技と違い、目の前の舞台で演じられたものが直接届くから、なおさら心を揺さぶられたのだろうか。あの男の子が動揺してしまったのも仕方がない。むしろ、それだけ真剣に隆行を見ていたことに感心する。

　イルミネーションの灯る街道を歩いている途中、そうだ、と真波が声を上げた。

「このあたりにCDショップあったよね」

　CD、という単語を耳にした瞬間に、最短距離で到達する事柄があった。

「片瀬先輩のサントラ……」

「うん。探してみよう」

　隆行のCDを悪くしてしまったこと、真波も気にしてくれていたらしい。隆行には必要ないと言われたけれど、やっぱり同じCDを買って返すべきなのではないかと。

　CDショップに入り、真っすぐにサントラのコーナーに向かった。『初雪は星のように』という映画のタイトルと、真波が気に入っていた瑠璃色のジャケットを覚えていたので、それを頼りに探す。だけど、同じCDは見当たらなかった。

「店員さんに聞いてみようか」

真波がそう言って、レジカウンターに近寄り、「すみません」と声をかけた。

「『初雪は星のように』っていうタイトルの映画のサントラはないですか」

少々お待ちください、と、レジの脇にあるパソコンで調べてくれる。

「こちらの商品ですよね」

店員が見せてくれた画面には、見覚えのあるジャケットが映し出されていた。そうです、とうなずくと、店員は平然とした様子のまま告げる。

「このサントラ、だいぶ前に生産終了してますね」

その言葉をすぐには処理できなくて、二人で固まった。追い立てるように彼が続ける。

「もう在庫もないみたいなので、今から手に入れるのは難しいかと思われます」

がーん、と、嘘みたいな鈍音《どんおん》が奈帆の頭に響いた。生産終了、在庫なし。隆行の大切なサントラは、本当の本当に大切なものだった。

大丈夫だからと許した隆行の穏やかな笑みを思い出す。受け入れられない現実を遮断したくて、奈帆の脳の働きはぴたりと停止した。

呆然と立ちすくむ奈帆の隣で、真波が店員に、本当にもう手に入らないんですか、と食い下がる。二年くらい前に、生産終了したサントラを再販売するキャンペーンのラインナップに入っていたことがあるみたいなので、もしかしたらまたそういう機会があるかもしれないですけど、今のところはやっぱり難しそうですね。落ち着いた声が、奈帆の耳にはとどまることなく通り過ぎていく。

ＣＤショップをあとにすると、自分はとんでもないことをしてしまったのだという罪悪感が、実体を伴って迫ってきた。奈帆は今この瞬間まで、隆行の優しさに甘えすぎていたことに気づかされた。たとえあのサントラがここまで珍しいものではなかったとしても、隆行の宝物を傷つけた罪をもっと重く感じるべきだったのに。

舞台上で自身にナイフを突きつけた隆行の姿を暗く思い出し、ごめんなさいという言葉だけでは到底足りない謝罪を抱く。

真波、とかすかに震える声で呼ぶ。街中がクリスマスのイルミネーションできらめいているのに、奈帆たち二人の間には、その光は届いてこない。

「リクエスト曲の募集、もうやめようか」

◆

舞台道具の片づけを終えるころには、ほとんどの観客が帰っていた。ロビーに残っているのは部員の家族くらいだ。隆行の母親と従弟の颯哉はいつも公演を観にきてくれていて、公演のあとは仲のいい従兄弟のやりとりを眺めるのが、景介の密かな楽しみでもあった。

「怖がらせてごめんな」

隆行が颯哉に近寄り、頭を撫でようと手を伸ばす。だけど颯哉は泣きそうな顔で隆行の手を避けて、伯母の背中にまわりこんだ。

「え、どうしたの」

虚をつかれたような顔で隆行が問うと、颯哉の代わりに母親が苦笑して口を開いた。

「うん、おにいちゃんが本当に死んじゃったと思ってるみたいで。まだ怖がってる」

「そっか……」

隆行が颯哉を覗きこみ、「俺、死んでないよ、生きてるよ」と笑いかける。けれど颯哉は、ちらりと隆行を見ただけで、また顔を背けてしまった。

颯哉があまりに怖がるから、伯母と一緒にすぐに帰っていった。「どうしよう」と困った様子の隆行の視線が、景介に向けられる。

「小さい子って、見たものを頑《かたく》なに信じちゃいますよね」

「な。かえってちょっと羨ましいけど」

隆行の迫真の演技は確かにリアルだった。だけど公演が終われば、生きている隆行とまた会話ができることに、景介はなんの疑問も抱かない。でも、颯哉にとっては違うのだ。現実と演劇の境目があいまいで、舞台上で自殺したはずの隆行と対面しても、受け入れられない。演技の魔法に、颯哉の現実はあっさりと侵食される。

すごいことだ、と景介は圧倒される。舞台での出来事を、現実として信じてしまうことも。颯哉にそう信じさせてしまう隆行の演技も。

次第にほかの部員たちも帰っていったので、ロビーには、景介と隆行の二人が残された。

「ちょっと話したいことあるんだけど、いい？」

初めからそのつもりでいたので、景介は迷うことなくうなずいた。ロビーの壁際に置かれたソファに、並んで腰かける。

「深沢、観察力に長《た》けてるんだな。ほかの誰にも指摘されなかったのに」

「たぶん僕が先輩のことを尊敬しすぎて、気にかけてしまうからですよ」

景介の素直な答えに、隆行は笑った。

「深沢は、将来やりたいことある？」

隆行の真っすぐなまなざしに捉えられ、景介は、はっきりと口にしたことはなかった夢を、初めて人に打ち明けることにした。

「演劇とか映画にまつわる仕事がしたい、とは、思ってます」

自分で書いた脚本による公演をやり遂げて、これまで漠然と抱いていた気持ちを、いっそう強く意識した。自分は演劇が好きだ。映画も好きだ。観るだけじゃ足りない。才能を持つたくさんの人たちの中に参加して、一緒に作品を創り上げたい。

「いいね。大人になってから、一緒に仕事することもあるかもな」

本当にそうなったらいいと思う。けれど心のどこかは冷ややかで、たぶん無理だろうと思っている。あとになって傷つかないよう、今のうちに自分を見限ってしまう。景介はまだ、隆行のように自分自身の未来を信じきることができなかった。

「先輩は、俳優ですよね」

いつだって揺らがない隆行の話を聞きたくて、景介は言う。そう、と隆行はうなずいて、

「大学では演技の勉強をして、同時に大学外の劇団にも入って、たくさん経験を積む。いつかはプロの俳優になる」

一つずつ、自分のやりたいことを淡々となぞった。景介は黙ってうなずく。

「そのためには、いろんなものを犠牲にしなくちゃいけない」

「はい」

「その覚悟、とっくにできてたつもりなんだけど」

んー、と言い淀むような間があった。隆行らしくない躊躇《ためら》いに、不安を煽《あお》られる。

ゆっくりと、隆行の口は開かれた。

「この前、俺のサントラの話、したよね。深沢が俺の教室に来てくれた時」

景介が隆行の教室に行った時、ちょうど隆行のリクエスト曲が放送でかけられていた。こぼれた星が天の川に降り落ちるような、優しいピアノの音が鳴る曲だった。

「そのＣＤさ、実は調子悪くなっちゃって」

「え、聞けなくなったってことですか」

「ううん、ちょっと音が悪くなっただけ。まあ、俺の不注意なんだけど。すごく好きなサントラだったから、結構落ちこんじゃって」

「そうだったんですね」

景介が見た隆行の憂鬱そうな表情は、お気に入りのＣＤの音が悪くなったせい、か。そんな単純な理由だったのかと、景介はちょっと拍子抜けした。

「そんな理由で？　って、思った？」

隆行が浅く笑う。景介は心の内をすっかり見透かされたことに観念して、小さくうなずいた。

「実はＣＤのせいってわけではなくて。落ちこんだのは事実だけど」

ＣＤが直接の原因ではないなら、「じゃあ、どうしてですか」と、慎重に問う。隆行はまた言い淀み、答える手前でしばし立ち止まっていた。

「……自分の小ささに気づいたから、みたいな」

恥じるように伏せられた隆行の瞳は、うっかり触れたらあっけなくくずれてしまいそうだった。隆行のそんな危うさを見るのは初めてで、景介は黙って見守っていることしかできない。

「CDの音が悪くなったくらいで気持ちが沈むような人間が、これからもっと大切なものを犠牲にしてでも夢を追いかけ続けられるのかなあ、と」

いつも落ち着いて堂々としている隆行の、不安定で脆《もろ》い部分を、目撃してしまった。

抜群の演技力も夢に突き進む力強さも持っているはずの隆行でも、そんな漠然とした悩みにぶつかるのか。景介は、静かに湧き続ける驚きをとどめられなかった。

ただ、隆行の弱い部分を初めて見たことで、遠い存在だと憧れることしかできなかった彼を、少しだけ近く感じられる。魔法のような演技力や魅力を持つ隆行だって、景介と同じ世界に住んでいる、一人の高校生だった。

それなら、景介の言うことでも、隆行の深い部分にまで届けられるのかもしれない。

景介は、記憶のどこかから見つけ出してきた言葉を、隆行に贈る。

「大丈夫ですよ、先輩なら。自分の弱さにちゃんと向き合えるのも、強さじゃないですか。誰かの受け売りですけど。僕もそう思います」

「後輩に励まされてしまった」

隆行は苦笑した。

「すみません、偉そうなこと言って」

「ううん、ありがとう。頼もしい後輩がいてくれてうれしい」

「頼もしくはないです」

隆行のせっかくの言葉を素直に受け止められず、首を横に振る。だけどそんなふうに自分自身を信じきれないのは、景介だけではなく、隆行も同じらしかった。

「でも、本当にそうだよな。ちゃんと弱さに向き合った分、ちゃんと進まないと」

「はい」

進もうとする隆行を全力で後押ししたくて、景介ははっきりとうなずいた。

「次に進むために。今どうにかしなきゃいけない問題は、颯哉のことかな」

隆行がそう言って表情を緩めたことで、深刻な空気もふっと緩む。

「すごく怖がってましたね」

舞台上で自殺したはずの隆行を前にして怯える颯哉を思い出す。その姿はあまりに無垢だった。

隆行は悩ましげに首を傾けた。

「癖の強い映画見せすぎたかな。人が死ぬことに中途半端に実感があるんだな、きっと」

いったいこれまでにどんな映画を見せられてきたのかと、颯哉のことがやや心配になって苦笑する。

「まあ、いいか。このままで」

開き直った調子で、隆行はソファから立ち上がった。

「いや、颯哉くんがかわいそうじゃないですか」

「そうだけど。でも俺が家を出たら、寂しがると思うんだよね。だから、怖がられて距離を置かれてるうちに出ていけば、そんなに寂しい思いをさせずに済むかなと」

卒業までの三ヶ月間このまま距離を取り続けるなんて、二人の仲のよさを知っている景介からすれば、無理があるように思えた。颯哉だって、いずれは隆行が死んでいないことに気づくだろう。

「だって俺、ぜんぜん帰ってこられないんだよ」

景介に背中を向けて立つ隆行は、つぶやくように言う。

「だから、これがいいきっかけなんだ」

隆行は吹っ切るように軽く伸びをして、「話、付き合ってくれてありがとう」と扉のほうへ足を進めた。

颯哉をあまり寂しがらせることなく家を出ていくのに、ちょうどいいきっかけ。確かにそうかもしれない、と納得しかけたけれど、もしかすると、と思い当たる。むしろこちらが真実なのではないかと気づいて、景介は立ち上がった。

「颯哉くんを寂しがらせないためっていうより、先輩が自分の寂しさから目を逸らすため、ってことはないですか」

隆行はゆっくりと進めていた足を止め、景介を振り向いた。いつもの隆行なら見せない、ちょっと眉を下げた情けない顔だった。

「言うなよ」

一欠片も演技のない、気まずそうな自然な笑顔を浮かべる。

「俺、自分がどんどん情けなくなってく」

「そんなことないですよ」

首を横に振りながら景介は、隆行の演技が目を引くのは、そこに一つも偽りがないからだと気づいた。はったりや誤魔化しなしで、誠実に役に向き合うからなのだ。

「片瀬先輩のこと、本当に尊敬します」

心の中だけにとどめていられず、溢れる勢いに任せて口にしてしまう。

「え、今の流れでどうしてそうなる？」

隆行は瞬《まばた》きをして、それから可笑しそうに声を上げて笑った。

抜群に演技がうまい上に、まわりの人に好かれる魅力に満ちた、欠点のない隆行のことを、景介はずっと、自分とは遠い世界の人だと思っていたのに。

市民ホールのロビーで隆行と話した数分間で、隆行を遠く感じる気持ちは、すっかり小さくなっていた。


冬休みの学校は冷たい雰囲気をまとっていて、よそ行きの表情をしている。廊下の窓は閉め切られているのに、壁から染み出てくるらしい冷気で、景介の体はだんだん冷えてきた。

演劇部の部室の扉を開くと、もう一人の一年生部員が先にいた。一年二人で、先日の公演で使った道具を整理するうち、二年の部員たちも徐々に顔を出し始めた。

クリスマス公演を終えたら、公演の打ち上げとクリスマス会と忘年会を兼ねて、部室でささやかなお菓子パーティーをするというのが、演劇部の恒例行事らしい。テーブルに広げられたお菓子に手を伸ばしつつ、あれこれと他愛のない話をした。引き締まった空気が満ちる稽古《けいこ》の時間はもちろん好きだが、役から解放された部員たちが、自分自身として思い思いに過ごすこういう時間も、同じくらい楽しい。

「深沢くん、来年も脚本書くの？」

二年の先輩に尋ねられ、景介は即答できなかった。今回なんとか脚本を完成させられたのは、隆行が参加してくれることになって、隆行に演じてもらいたいシーンがひらめいたからだ。

「脚本よりは、裏方をメインでやりたいんですよね。今回脚本を書かせてもらったのは、経験の一つのつもりで」

景介の担当は主に音響や照明だけれど、どうしても人数が足りなければ役者もやる。今回は脚本も書かせてもらった。一通り経験してみた今、景介は改めて、自分は裏方として働きたいと感じていた。観客とは違う位置から舞台を見られる特別感や、演者と息を合わせて機器を操作しなければならない緊張感。そういう、観ているだけでは味わえない臨場感を、これからも何度も味わいたかった。

「もちろん、必要があればなんでもやるつもりでいるんですけど」

あいまいな返答をしていると、「遅れてごめん」と隆行が姿を現した。しかし今日の隆行は、部活の打ち上げに来るには不似合いな大荷物を抱えていた。大きなボストンバッグだ。

「どこか行くんですか」

部員の一人に尋ねられ、隆行はうなずく。

「うん、このあと続きで東京に行ってくる。今のうちに住むところ決めたり、大学の見学したり、してこようかと」

お菓子の上で交わされていた他愛ない話は、隆行の大学のことや、演劇部のこれからについてなど、密度の濃い話に移り変わっていった。

冬休みが明けたら、今度は春公演の準備を始める。隆行はもう参加できないから、一、二年生でなんとかしなければならない。部員たちの不安を受けても、「みんななら、大丈夫でしょ」と、隆行は気楽に言った。

「今回のクリスマス公演だって、俺はほとんど手伝えてなかったし。ちゃんと、自分たちだけでなんとかできる力は、充分あると信じてるよ」

その台詞を受け止めた部員たちが一様に熱意を灯らせたのが、景介にはわかった。隆行の発する言葉には、舞台上でなくとも人の気持ちを満たす力が宿っているのだ。

各自が持参したお菓子を食べつくしたところで解散となった。それぞれが帰路につくころ、今冬初めての雪が降り始めた。ひらひらと風に舞う雪は軽くて柔らかそうで、演劇部の新たな一歩を応援する花吹雪のようだった。

景介は部で唯一の電車通学者なので、これから新幹線の停まる駅まで電車に乗る隆行と、並んで歩く。

「僕、先輩と同じ大学をめざそうと思います」

祝福色の雪の中で、景介は宣言した。隆行のように推薦で、とはいかないかもしれないけれど、隆行を追いかけたかった。

「なので、先輩が卒業する前に、なるべくアドバイスとかもらえないかと」

景介の頼みに、隆行は、あー、と頭を掻いて苦笑した。隆行の迷惑を慮《おもんぱか》ることなく安易に頼んでしまった自分に気づいて、申し訳なくなる。

「すみません、忙しいですよね」

「いや……」

なぜかその先が濁った。そのまま話を再開できないうちに、駅が近づいてくる。

「深沢」

どこか慎重な重みのある声に呼びかけられて、景介は思わず立ち止まった。同時に足を止めた隆行が景介を見る。

「俺、もうこっちに戻ってこないかも」

「え？」

唐突な台詞を受け止めきれず、景介の声は情けなく裏返ってしまった。景介と隆行の間を、風に流されてきた雪が横切る。

「これから東京に行ったら、そのまま住むことになると思うから」

「そう、なんですか」

いろんな疑問が吹雪のように渦まいて、どれも明確な形にして発することができなかった。どうして、とか、大丈夫なのか、とか。景介の疑問を察してくれたのか、隆行が落ち着いた口調で答えていく。

「明日、所属したい劇団のオーディションがあるんだ。それに合格したら、今度の公演に出演するために、すぐに始まる稽古に参加できる。それをどうしてもやりたくて」

大学で演劇の勉強をするのと同時に、外部の劇団にも入って経験を積むのだと、隆行はロビーで話した時にもそう言っていた。

「出席日数はもう足りてるから、卒業式までの残り二ヶ月くらい出席しなくても、高校の卒業資格はもらえる。惰性で一般入試対策の授業を受けるよりは、一足先に東京行っちゃうほうがいいやって思って」

隆行のことだから、ずっと前から思案して決断したことなのだろう。そんなに急がなくたっていいようにも思うけれど、景介は隆行の計画に口を挟む気はなかった。ただ、一つ気にかかったことを、尋ねずにいられなかった。

「どうして、ほとんど誰にも言わずに行ってしまうんですか」

ほかの演劇部員には、ちょっと東京に行ってまた帰ってくる、と思わせる言い方をした。演劇部以外の生徒も知らないのだろう。誰かが知っていたら、とっくに噂になっているはずだ。

隆行は決まり悪そうに笑って口を開いた。

「オーディション、落ちたら帰ってくることになってるから。東京行くってみんなに宣言しておいて、出戻ってきたら格好悪いから」

ああ、と気の抜けた声が漏れる。本当にそうなったら、確かにあまり格好はつかないかもしれない。だけど、そのことを正直に明かしてしまう隆行は潔い。

「絶対受かる、夢に近づく、もう帰ってこない、って言いきれる自信があったらいいんだけど。俺、ここまで来ても、いまだに自分の未来を信じきれてないんだよ」

自分の未来なんて不安だらけで、信じきるための足がかりはなかなか見つからない。自分を疑いたくなる理由ばかりが、足元を埋め尽くしている。でも、それでいいのだと気づく。それが当たり前だと気づく。

なにが起こるか誰にもわからない未来に向かってもがく隆行の、強い意志を携えた視線が、景介に突き刺さる。

「だけど、なんとしても信じたくて。自分の未来」

それは映画の台詞ですかと突っこみたくなって、景介は思わず笑みを浮かべた。映画に染まりすぎた隆行に憧れる景介だからこそ、言えることがあった。

「片瀬先輩は、誰より格好いいです。だから、絶対大丈夫です」

隆行が信じきれないなら、その分景介が隆行の未来を全力で信じればいい。景介は、自分の未来には自信が持てないけれど、隆行の未来なら信じることができる。

景介の真っすぐな言葉を受け取った隆行は、ありがとう、とはにかんだ。

駅の屋根の下に入り、体にかかっていた雪を軽く手で払う。隆行を引き留めるようにくっついていたこの町の名残が、落ちる。隆行は行ってしまう。

「これで、しばらくお別れ」

のはず、と隆行は付け足した。

「帰ってきたら、深沢は笑っていいよ」

「笑いませんよ」

そう返す景介の声が笑ってしまうのは、隆行が出戻ってくるはずはないという確信による寂しさを、誤魔化すためかもしれない。

「僕が先輩のところに行けるように、がんばります」

「うん、待ってる」

それじゃ、と、大きな荷物を抱えた隆行の背中が遠ざかっていく。溢れんばかりの夢を背負う人の背中は、なにより強くて格好よかった。

自分もその背中と同じ強さを手に入れられる日が来るのか、景介は少しも自信を持てない。それでも自分なりに、今この足元に広がる地を、しっかりと踏みしめて歩いた。

◇

冬休み明け最初の登校日、奈帆は、重いカバンと罪悪感を抱えて家を出た。隆行にもう一度謝らなければならない。

朝のホームルームが始まる前、真波と一緒に隆行の教室を訪れたが、彼の姿は見当たらなかった。放課後にも行ったけれど、すでに帰ってしまったのか、また会えなかった。

「今日は、先生に話しにいこうか」

奈帆の提案に、真波がうなずく。クリスマス公演からの帰り道で、隆行に謝り直すのはもちろんのこと、先生にも正直に報告しなければならないと、二人で結論を出したのだった。

仮創設中の放送部には顧問の先生はいないので、職員室に入室し、校内の部活全体を取り仕切る先生のデスクに近づいた。奈帆はこれまでその先生と直接話したことはなかったが、生徒の間では厳しいと噂されている。だけど奈帆は、その先生を恐れるどころか、むしろ厳しくしてくれたらいい、と思っていた。厳しくされるほど罪の償いになる気がしてしまう自分をあさましく感じながらも、強く責められることを望んでいた。

結果として、先生はさほど厳しくしてくれなかった。ただ、正しいことを淡々と述べられた。

「放送部、四月に新入部員が集まるようなら正式に部として認めることも視野に入れてたけど、そういうことなら白紙。というか、仮でも活動停止かな。そのCDのことは君たちと持ち主の問題だから、口は挟まないけど。ほかの生徒を巻きこんで行う活動は、責任もってやらないと」

はい、と答える声が、真波と揃う。積み上げられた正しい言葉たちを、必死に飲みこむ。

だけど、と、先生が付け足したのにつられて、無意識のうちにうつむいていた顔を上げた。

「放送を専門に働いてくれる生徒がいるのは助かると思ったよ。これまでは、お知らせがある人が各自放送するシステムだったけど、放送部に任せるようになってからは手間が省けたから」

真波と二人で立ち上げた放送部が学校の役に立てていたことへの喜びが、奈帆の中で小さく弾ける。それでも放送部の活動停止の件は動かないことに、思いがけず、落胆してしまう。とっくに覚悟はできていたはずなのに。秘密基地のような放送ブースで、真波とお弁当を食べることはもうできないのだと思うと、これからも毎日訪れる昼休みをどう過ごせばいいのだろうと、途方に暮れた。

そんな奈帆に同情したわけではないだろうが、先生は、淡々とした口調のまま続けた。

「代わりになにか、放送に関する別の係を作ることはあるかも。委員会とか。そうなったら、君たちが一番放送機器に詳しい生徒ってことになると思うから、よろしく」

そして奈帆たちは職員室から追い出された。厳しいと噂される先生はひたすらに正しくて、奈帆の中でわだかまったままの罪悪感を、あまり軽くはしてくれなかった。

そのまま罪悪感を家に持ち帰り、翌朝また隆行の教室を訪れたけれど、またいなかった。同じ教室の生徒に尋ねてみると、隆行は昨日も学校に来ていないらしい。

「先輩、体調崩してるのかな」

真波の声が心配の色を帯びる。隆行への罪悪感に加え、体調の心配も重なって、奈帆の心は洪水を起こしそうになる。

今日は金曜日だから、土日を挟めばきっと隆行は登校できるだろうと期待した。

「また来週も、先輩の教室行かなきゃ」

そう話しながら真波のクラスの前まで戻ってきた時、教室から一人の男子生徒が出てきて、奈帆たちの前に立った。

「もしかして、片瀬先輩に会いにいった？」

探るような慎重さでそう尋ねてきたのは、景介だった。図星の質問に動揺しながら、奈帆たちは同時にうなずく。

「先輩、たぶんもう学校来ないと思うよ」

「え、そうなの……？」

寝耳に水の話に戸惑っていると、隆行は冬休み中に東京の劇団のオーディションを受けにいって、どうやら合格したらしいこと、稽古があるからもう戻ってこないだろうということを、景介が教えてくれた。

景介から聞いた隆行の話を、現実のものとして受け入れることは、俄《にわ》かには難しかった。隆行は本当に演劇の人なのだと痛感した。劇団のために高校生活を中断して旅立ってしまうから、でもあるけれど、どちらかといえば、隆行の行動がフィクションめいているから。映画の登場人物、とりわけ主人公がとりそうな行動だ。そんな主人公の宝物を壊した奈帆は、自分が悪役であることを思い知らされる。

「……どうしよう」

隆行にはもう会えない。謝れない。どうしようもなくこぼれた奈帆の当惑を、景介がそっと拾ってくれた。

「先輩に用、あったんだよね」

気遣うように、景介が奈帆を覗きこむ。途端、景介を通じて隆行にできることがあるのではないかと、淡く期待が生まれた。奈帆の期待を察したらしい景介は、けれど申し訳なさそうに眉を下げた。

「ごめん。僕も先輩の連絡先とか住所とかは聞いてなくて」

一瞬でも景介を頼みの綱のように感じた反動で、奈帆の中の失望は膨らんでしまう。それでもなんとか、表面では笑顔を作った。

「……わかった。教えてくれてありがとう」

クリスマス公演のあと、ＣＤショップでようやく自覚的に抱くことができた罪悪感では、手遅れだった。隆行が最後に放送室を訪れた日に、言葉では足りないとわかっていても、もっと何度でも謝ればよかった。

とめどなく溢れる後悔に飲みこまれそうになっていると、真波が奈帆の手を取り上げて、ぎゅっと握ってくれた。真波だって、混乱に見舞われているはずなのに。真波の手のひらの温度は、熱々のコンソメスープよりはずっとひんやりしていて、奈帆の心をゆっくりと静めてくれた。

「あの、僕になにかできることあるかな」

尋常ではない様子の奈帆たちを置いて立ち去れなかったのかもしれない、景介は遠慮がちに、救いの言葉を差し出してくれた。

奈帆は真波と視線を交わした。真波は奈帆に一切の決断を委《ゆだ》ねるように、薄く微笑みを浮かべて小首をかしげる。

隆行本人に謝れないなら、せめて隆行のことをよく知っている人に、自分の罪を告白してしまいたかった。

「放課後、放送室に来てほしい」

奈帆のお願い通り、景介は放課後の放送室を訪れてくれた。放送ブースで、奈帆は景介にすべてを話した。ここがその現場だからか、相手が景介だからか、職員室で先生に報告した時以上に、罪の実感があった。

景介は、はじめこそ驚いた様子で言葉を失っていたけれど、次第に事情をのみこめたらしく、うなずきながら最後まで話を聞いてくれた。

あの時のことを一つ一つ忠実に思い出して、奈帆の全身からはすうっと血の気が引いていった。とんでもないミスを犯してしまったのに、ＣＤが完全に壊れたわけではないと知って安堵していた自分の甘さを、許せなかった。

戻りたい、と、何度も願ったことを一段と強く思う。

「……タイムマシンが、あったら」

そんなことを言ったってどうしようもないと知っていたのに、景介からフィクションめいた隆行の話を聞いたせいか、現実離れした願いがぽろりとこぼれた。一度溢れたらとまらずに、続きも漏れる。

「せめて、冬休み前に戻れたら。先輩にもう一度謝れるのに」

◆

「先輩、怒ってなかったよ」

奈帆たちのあまりの落ちこみように、少しでも気を楽にすることはできやしまいかと、景介は知っている限りのことを話すことにした。

景介にそのサントラの不調の話をした時、隆行は、自分の不注意のせいだと言っていた。本気で怒っていたなら、そんなふうにかばおうとはしない。

「確かにショックは受けてたんだけど。このCDのことは、先輩が俳優に向かって進んでいく上で、すごく大事な意味をもつ出来事になったんじゃないかと思う」

思い切って口にした景介に、顔を上げた奈帆たちの視線が集まる。二人は景介の言葉の真意をはかりかねているようだった。

隆行の持っていた、眩しいほどの熱意をそのままの温度で伝えられるよう、景介はつばを飲みこんで、言う。

「覚悟ができたんだよ。自分の夢を叶えるためには犠牲にしなきゃいけないものもたくさんある、それでも俳優の道を追いかけたいって、気づいたんだよ」

最後に、景介の願望を伝える。タイムマシン、なんてSFみたいなことを言い出すくらいなら。

「もし、タイムマシンがあるとして。先輩に謝るために戻りたいとか、スープをこぼす前に戻りたいとか、できれば、そうじゃなくて。先輩が夢を叶える格好いい未来をはやく見たいって、思ってよ」

タイムマシンを使うのだとしても、過去に戻してしまわないでほしい。時には立ち止まりながらも必死で未来に進む隆行の歩みを、勝手に後退させないでほしい。

ずっと奈帆に寄り添うようにして黙っていた真波が、「わかった」ときっぱりと言って立ち上がった。

「先輩の未来のために、タイムマシン作ろうよ」

「作ろう、って言ったって。どうするの」

景介は首をかしげる。奈帆も不思議そうに真波を見上げた。

「先輩が夢を叶える格好いいところ、私、タイムマシンで見にいきたい。だから、放送室をタイムマシンにしようよ。この放送室は、私たちの秘密基地みたいなものだから、うってつけだよ」

ね、と、真波は奈帆に、励ますような笑みを向ける。奈帆はふっと破顔してうなずいた。

本物のタイムマシンなんて、もちろん作れない。そんなことはみんなわかっているから、せめてもの祈りのように、放送室をタイムマシンにするためのルールを作った。現実逃避ではない、未来に向かうための伝説を、作った。

三人の意見を、奈帆が一枚のA４用紙に書きまとめた。

〈タイムトラベルの手順〉

一、マイクの電源を入れ、音量バーを上げる。

二、行きたい時を全校に向かってお知らせする。

以上！

二〇××年一月八日　放送部

その紙は、放送ブース内の棚に仕舞われた。放送部は来年度から活動停止になるらしい。未来の放送部員の誰かに、この祈りが届きますように、と、景介も願う。

奇妙な達成感に包まれた放送室を、景介は一人あとにした。廊下を歩きながら見遣る窓の外に、雪は降っていない。冴え冴えと青い冬の陽光が、真っすぐにこの町を照らしている。きっと隆行のいる東京も、同じ太陽が見守っているのだろう。

先輩、と景介は思う。あなたの夢は叶います。

景介が信じるその未来に、タイムマシンがなくても追いつけるよう、早足で演劇部の部室をめざした。

第三章

豪雨のような拍手が鳴り響いていた。円佳の意識がゆっくりと現在に戻ってくる。

十一年前にタイムトラベルしていた舞台は、すでに完全に幕が閉まっていた。

隣の席の航太も、小さな手のひらをいっぱいに開いて、ぺちぺちと拍手をしている。

円佳の視線に気づくと、屈託なく笑った。

「お姉ちゃんの学校、すごいね。タイムマシン作ったんだね」

無邪気に輝く瞳に水を差すようなことは言わない。

「そうだね」

円佳はできる限り優しい笑顔を返した。それから、少し気になって尋ねてみた。

「航太は、タイムマシンがあったら、いつに行きたい？」

えっとね、と航太は少し考えて、すぐに、ふふふ、とうれしそうに笑った。

「明日の朝に行きたい」

明日の朝。十二月二十五日の朝。クリスマスの朝。

「だって、サンタさんからのプレゼント、きっと届いてるでしょ」

真っすぐに円佳を見返すその純粋さを、なるべくそのままの純度で受け止めたくて、ゆっくりとうなずく。

「うん。いい考え」

口では簡単にそう返したけれど、心は、航太のアイディアにぎゅっと絞られたような、あるいはぎゅっと抱きしめられたような、強く優しい力に覆いつくされた。

航太はそれがいいよ、と、円佳は改めて思う。サンタの存在を信じて、タイムマシンの存在を信じて、楽しみなことが訪れる瞬間を、純粋に楽しみにできる。それはやっぱり素敵なことだ。中途半端に大人になった円佳は、もう信じられない。それでも、航太にそれらを信じさせてあげられるのは、円佳のほうなのだという希望もあった。

「帰ろうか」

「うん」

席を立つ。いつだって夢と現実の狭間にいるような航太の小さな手を離さないように、しっかりと握った。

十二月二十五日の朝。タイムマシンを使わなくても、航太の枕元にはちゃんと、サンタクロースからのプレゼントが届いていた。

円佳が放送室の扉を開くと、颯哉は先に来ていた。こんにちは、ではなく、あけましておめでとうございます。今年に入ってから今日までに、すでに何度も口にしてきた新年のあいさつを、どこか新鮮な気持ちで交わした。

今日流す曲を決めるため、リクエスト用紙の山から、神様任せのくじ引きをする。三枚目を引いた時、「あっ」と颯哉が小さく声を上げた。『初雪は星のように』というタイトルに、円佳も覚えがあった。記憶の中を探ると、指先に触れるものがある。

「ああ」

思い当たり、つい声が漏れてしまう。演劇部のクリスマス公演を観た誰かが書いたのだろう。円佳自身も、もう一度聴きたかった。

「でも、こんな珍しい曲、スマホでは流せないですよね」

あの演劇は、ほとんど本当の話らしい。このサントラの貴重さも本当のはずだ。

いや、と颯哉が首を横に振る。

「流せます。公演で使った時の音響データ、スマホにも残してあるので」

本当ですかと円佳が声を上げると、颯哉は得意げにうなずいた。

その曲は最後に流すことにして、委員会のお知らせのあと、まずは一曲目を流し始める。円佳は、気になったことを颯哉に尋ねた。

「『初雪は星のように』の音源って、どうやって手に入れたんですか」

「従兄からＣＤを借りて、録音したんです」

従兄から、という言葉を颯哉から聞けたことに、円佳は自分の気分が昂《たかぶ》るのを感じた。

「会えたんですか」

「いや、メールだけです。ＣＤは郵送してもらいました。今は絶対に忙しいだろうし」

忙しいに違いないだろう。公開中の初主演映画がヒットしているのだ。最近はテレビでもよく見かけるようになった。ただ、円佳は彼の姿を見かけても、颯哉の従兄だ、とはなかなか思えない。高瀬幸人だ、と思うだけ。二人は従兄弟だと、頭ではわかっていても、毎週金曜日に放送室で会う片瀬颯哉と、明るいテレビの中の世界で輝いている人気俳優の高瀬幸人を、実感とともに結びつけるのは難しい。

「忙しいでしょうけど、連絡、とれたんですね」

従兄がこの町を出て以降、一度も会っていないと言っていたのに。

「はい、なんとか」

颯哉は従兄につながるまでの道のりと、十一年前にタイムトラベルするための情報集めについて、教えてくれた。

「最初に連絡できたのは、放送部を立ち上げた二人です。森田奈帆さんと藤野真波さん」

二人とも地元に残っていたので、颯哉は彼女たちに直接会って話を聞けたという。放送部の伝説をもとに演劇部の脚本を書くと伝えると、喜んで協力してくれた。

「演劇部の深沢景介さんは今東京にいるんですけど、電話とメールでやりとりして、当時のことを教えてもらいました」

隆行の従弟である颯哉が、自分の後輩として演劇部で脚本を書くことに、喜びよりも驚きのほうが勝っていたらしい。十一年前の颯哉は五歳の幼稚園児だったのだから、当然かもしれない。

景介と隆行は今でも交流があり、颯哉は景介を介して従兄につながった。忙しい隆行とメールでやりとりを交わすうち、劇の重要なパーツになるだろうCDを送ってもらえることになった。音質は確かによくはなかったが、加工でなんとかなる程度だったらしい。十一年前はどうにもならなかったCDの不調でも、今になってできることがある。

円佳が文理選択に悩んだり、航太と涼子と水族館に行ったりしているうちに、颯哉はこんなにたくさんの人の話を聞き、従兄との間に静かに立ちはだかり続けていた壁を乗り越え、タイムトラベルの準備を着実に進めていたのだ。

「本当にすごいですね、片瀬くん」

心から颯哉を尊敬した。

「最善は尽くしたつもりです。水島さんもありがとうございました」

颯哉にお礼を言われる心当たりのない円佳は、きょとんとして首をかしげる。

「私はなにをしましたっけ」

「いろいろと。最初に放送室の伝説のことを教えてくれたのも、それを題材にして脚本を書こうと思うって言った時に背中を押してくれたのも。実は顧問の先生からは苦い顔をされていたんです。身近な実話をもとにした劇を演じるなんて、前例がないかららって」

「そうだったんですか」

確かに、これまで観た公演はすべてフィクションの脚本だった。この演劇部だけでなく、全国的に見ても普通はそうなのだろう。

それから、と颯哉が言い足す。

「水島さん、僕が従兄のことを話した時に、従兄は僕のことを疎んでいるわけじゃないと思うって言ってくれたじゃないですか。そのおかげで僕は勇気をもらえて、従兄とも連絡を取ろうと思えたんです」

「そんな、大したことではないですよ」

大げさな言葉を使ってくれる颯哉に笑いながら首を横に振る。ただただ、颯哉が隆行のことを、臆することなく話せるようになってよかった。本物のタイムマシンがなくても、取り戻せる絆もあるのだ。すぐに修復可能とは言えないけれど、ほどけた糸が勝手に結ばれることもない。

「たぶん僕はこれまでずっと、従兄に憧れるのと同時に、心のどこかでは許していなかったんだと思います。僕の誤解をいいことに、勝手にいなくなって、って」

許していない、という強烈なはずの言葉は、颯哉の口からこぼれると、穏やかな響きを持って聞こえた。

「五年くらいしか一緒にいなかったから、もう会えないことに慣れてるし、これからもこのままの距離感でかまわないと思ってたんです。あのころみたいに毎日遊ぶような従兄弟のほうが、むしろ珍しいじゃないですか。でも、水島さんからタイムマシンの話を聞いた時、真っ先に浮かんだのは従兄のことで。やっぱりまたつながりたいって思っている自分に気づきました」

「気づけて、よかったです」

二曲目までを流し終え、颯哉が三曲目の曲名を告げた。舞台上で流れていた曲が、この放送ブースに満ちる。

「本当にいい曲ですね」

円佳が言うと、颯哉はうなずいた。

「従兄のセンスは抜群です」

十一年前、隆行が自室で流していたのだろう、温かに揺れるメロディ。天の川から一粒ずつこぼれた星が、地上に降り積もる時に奏でるような音楽だ。円佳が軽く目を閉じると、まるで直接見たことのある景色のように、幼い颯哉と隆行が仲良く遊んでいる姿が脳裏に浮かんだ。

目を開くと、十一年の時を経て、立派な高校生になった颯哉がいる。一日も飛ばすことなく、十一年間の毎日を生きてきて、今日という日に辿りついた。

タイムマシンなんてない。サンタクロースもいない。ひょっとすると、この広い世界のどこかに、たった一つだけ、一人だけ、存在しているかもしれないけれど、円佳はそれを信じることができない。それでも、信じさせることはできる。伝説をバトンタッチすることなら、できる。

だって、かつて子どもだった大人たちがみんなで協力して、今の子どもたちに夢を見せてくれているのだ。この事実に気づく度、円佳は大人の優しさに、ふっと泣きそうになる。

この放送室の伝説も、いつかの放送部員にまで届けられるだろうか。

「従兄の映画、ようやく観にいけそうです」
これまでずっと離れたままだった従兄弟の距離。それが、スクリーンを挟んででは
あるけれど、ぐっと縮まる。そんな日が、ようやく訪れる。
「水島さん、一緒に行きませんか」
「行きたいです。部長の涼子先輩ももう一回観たいって言っていたので、みんなで行
きましょう」
涼子からはまた誘ってもらっていたのに、予定が合わなくて実現していなかったの
だ。颯哉はうなずいて、そういえば、と改まって口を開く。
「僕たちって、なんで敬語で話しているんでしたっけ」
「ああ」
改めて言われてみると、そのささやかな不思議さに再会する。同級生で、もう一年
近く毎週一緒に放送をしているのに、円佳たちはいまだにゆるやかな敬語を使ってい
る。
「どうしてでしたっけ」
明確な理由があるわけではないように思う。初対面時にお互いに丁寧に話してしま
い、敬語をほどく機会を逃して、それっきり。
「……あとづけの理由に、なるかもしれないんですけど」

しばらく考えこんで思いついたことを話し出すと、颯哉は耳を傾けてくれた。

「たぶん、時間を止めてしまいたかったんだと思います」

タイムマシンのことばかり考えているからか、そんな言い回しが口をついて出てきた。どういう意味ですか、と、颯哉が先を促してくれる。

「放送委員会に入ったばかりの、お互いに顔も名前も覚えたてのころのまま、時間を止めたかったんだと思います。そうすれば、私たちは未熟なままでいられるじゃないですか。少なくとも、金曜日の昼休みだけは」

やり直せない過去とも、なにが起こるかわからない未来とも違う、確かにここに存在する現在を、円佳は少しでも長く引き留めておきたかった。時間を止めたかった。たとえばクジラの骨格標本のように。

でも、そんなことは不可能だ。人は誰も、時の流れには抗えない。

「結局は、今を生きていくしか、ないんですけどね」

「そうですね……」

颯哉はそのまま黙ってしまう。円佳も続ける言葉を見つけられずに、手持ち無沙汰に原稿をとんとんと揃えてみたりする。

「それじゃあ、水島さん」

円佳は意味なく紙を揃えていた手を止め、はい、と答えた。彼に向き合うと、颯哉はその誠実な瞳で円佳を見ていた。

「僕の今の気持ちを言ってもいいですか」

「なんでしょうか」

「僕は水島さんが好きなんです」

「……え？」

「ぜんぜん、気づいてなかったですよね。突然すみません」

颯哉は、ぎこちなく頭を下げる。

「これまで通りでいいんです。ただ、映画、二人じゃだめですか」

颯哉の真剣な視線に捉えられ、これまでなんでもなかったその瞳の色に、円佳の鼓動がはやまる。

「……だめじゃないです」

「よかった」

颯哉はほっとしたように笑った。ふつり、と優しく音楽が止まる。放送委員の仕事はこれで終わりだ。颯哉は立ち上がり、じゃあ、と放送ブースを出ていった。お疲れさまでした、を、いつも彼に言うのに、今日は言い忘れた。日常が、円佳の頭からすっかり抜け落ちてしまった感じだった。

どこか上の空だけれど、円佳は放送部員としての放送をしなければならない。今日の原稿に今一度目を通してから、マイクの電源を入れ、音量バーを上げた。いつもの動作をしているうちに、徐々に心が凪《な》いでくる。

小さく息を吸って、マイクに向かって言葉を連ねた。

『今日は一月八日です。十一年前の今日、この放送室における伝説が生まれました。演劇部のクリスマス公演を観にいった人は、ぴんとくるのではないでしょうか。放送室のマイクに向かって行きたい時をお知らせすれば、その時にタイムトラベルできる、という伝説です。くだらない、と思いますか？　それならそれで、かまいません。信じなくてもいいんです。ただ、この伝説がこれからも、細々とでも伝えられていったらいいなあと、現放送部員の私は思っています。

実は今、放送部と放送委員会の両方はいらないんじゃないかということで、放送部が廃部の危機に瀕《ひん》しているんです。もしそうなったとしても、十一年前みたいに、伝説だけでも残ってほしいなと。この放送を聞いてくれているあなたは、頭の片隅にこの伝説を置いておいてくれないでしょうか。

それでは、これで本日の放送を終わります』

マイクの電源を切り、ふっと息をつく。

原稿を持って放送室を出ると、廊下を少し歩いたところに颯哉が立っていた。凪いでいた心が再び波打ち始めるけれど、円佳はなんでもないふりをして、どうしたんですか、と問いかける。

「水島さんの放送を聞いていたんです。ここが一番、よく聞こえるので」

円佳を振り向いた彼は、長い人差し指を上に伸ばした。見上げると、ちょうどその天井にスピーカーがあった。

昼休みの教室では、生徒たちが各自談笑しながらお弁当を広げているので、少々騒々しい。放送の声は聞き取りにくくなる。一方、普通の教室から離れた放送室近くのこのスピーカーなら、落ち着いて放送を聞くことができる。

「今日の放送、今までの水島さんの放送の中で、一番よかったと思います」

誰も聞いていないと思っていた。だからこそ円佳は気楽に放送することができていたのに。じっと聞いてくれる人、こんなところにいたのだと気づく。

そういえば、インターネットで調べた情報を一つも使わなかったのは、今回が初めてだった。円佳の思いを詰めた放送だった。

「なんだか、独りよがりな感じになっちゃいましたけど」

「そんなことはないですよ。水島さんの本当の言葉だっていう気がして、僕は聞き入ってしまいました」

颯哉がそう言ってくれるのなら、きっとそうなのだと信じることにする。

「ありがとうございます」

昼休みに放送室以外で颯哉と話すのは初めてかもしれない。一年生の教室まで、並んで歩く。他学年の教室の前を通ると、生徒たちの楽しげな声が、閉め切った扉のわずかな隙間から漏れてきた。しんしんと冷える廊下を歩く二人のことなど、誰も気にしていない。

「映画のことなんですが」

下の階へと続く階段の踊り場で、颯哉がそっと立ち止まった。円佳は一段だけ颯哉の上にいた。背の高い颯哉に、円佳の身長が一段分近づいている。

「実は、一人で観るのが怖かったんです」

こわい、という、今にもくずれそうな響きを秘める颯哉の言葉に、円佳は耳を澄ます。

「従兄は本当に遠く離れた人なんだなって思い知らされるのが、怖くて」

穏やかな表情の奥に潜む怯えを見つけて、円佳はそれをどうにか慰めたかった。颯哉なら、水のように溢れる円佳の言葉を受け止めてくれる。だから、思いつく限り言葉を尽くす。それが円佳にできる精いっぱいの誠意だと思った。

「俳優高瀬幸人は、確かにスターですけど、それはあくまで、片瀬隆行さんの一部だと思うんです」

高瀬幸人は、もはや誰もが認めるスターだ。人に夢を与えられる人。サンタのような存在かもしれない。

だけど颯哉が見るべきは、実は格好悪いところもたくさん抱えている、片瀬隆行のほうだ。現実と演劇の区別ができなかったあのころのように、颯哉は、スクリーンに映る一人の俳優の中に、高瀬幸人だけではなく、片瀬隆行を見出してもいいんじゃないか。

颯哉は、放送ブースの中で話す時と同じように、たどたどしく紡ぐ円佳の言葉たちを受け止めて、うなずいてくれた。

「ありがとうございます」

ぺこりと頭を下げ、それからなんでもないような微笑を浮かべて、

「僕は水島さんのそういうところが好きです」

「……」

ただの高校の階段の踊り場。時空は歪むはずがないのに、円佳たちの間に流れる時間が止まったような気がした。颯哉の吐いた息を円佳が吸い、円佳の吐いた息を颯哉が吸う、という感じに、二人だけの空気が生まれる。

「水島さんって、一つ一つのことに対して、ちゃんと深くまで潜るじゃないですか。物事を表面だけで判断しないというか。だからこそ悩むことも、たくさんあると思うんですけど」

懸命に伝えようとしてくれている颯哉の表情は優しい。円佳は彼のそんな表情にじっと見入り、言葉に耳を傾けた。

「水島さんがそうやってじっくり考えた時間や言葉は、絶対に無駄にはならないと思うんです」

颯哉はなにを言おうとしてくれているのか。あちこちにできた水たまりを一つずつ辿って跳ねていくように、彼の話はいろんなところを転々とする。

「水島さん、タイムマシンがあったとしても使わないって、言ってましたよね」

颯哉から溢れる言葉の流れを堰《せ》き止めてしまわないよう、円佳は黙ってうなずいた。

一時は、未来にでも過去にでも行って、なにかを確認したりやり直したりしてみたいと、漠然と願ったけれど、そうすることに意味はないと、今の円佳は改めて思う。

「僕も、そう思うようになりました。水島さんが一つ一つのことに立ち止まって悩んでいる今の時間が無駄ではなくて、タイムトラベルの必要がないのと同じように、僕も、従兄とのことを過去に戻ってやり直す必要なんてなくて、今だからこそできることがたくさんあるんじゃないかって気づきました」

それと、と、颯哉は続ける。

「初回の放送委員会で、担当曜日、くじ引きで決めたじゃないですか。僕らがこうして同じ曜日に放送しているのは、偶然で。もし過去に戻ったら、あのくじ引きもやり直さなきゃいけない。うっかり違う紙を引いたら、別の曜日の担当になってしまう。それはいやだなと思ったんです。僕の今が変わってしまうくらいなら、タイムマシンは使わなくたっていいやって」

　滝の水が流れ落ちるように、颯哉は溢れる勢いに任せて話し続けた。放送時間に収まりきらない彼の言葉たちが、階段の踊り場に際限なく流れ出した。

「私も、片瀬くんと放送ができて楽しいです」

楽しい、と切に思える日常が、一つでもある。それだけで充分、円佳は今を生きていける。

　心に溜まっていた言葉を吐き出しきった颯哉は、安心したように表情を緩めた。

「水島さん、来年度も放送委員やりますか」

「たぶん、やると思います」

「僕もまたやるつもりです」

来年度の担当曜日を決めるくじ引きがどうなるかは、わからない。天の神様しか知らない。

　その時チャイムが鳴った。二人で同時に天井のスピーカーを見上げる。

「昼休み、終わっちゃいましたね」

あと五分で五時間目が始まってしまう。お弁当を食べそびれたけれど、放課後の部活の時にでも放送室で食べればいいかと思う。もちろん、飲食禁止のブース内には持ちこまずに。

「すみません、また話しすぎました」

前にもこんなことがあった。颯哉が長い体を折って謝ってくれる。

「私もぜんぜん気づきませんでした」

いったいどれだけ長い時間、立ち話をしていたのだろう。上から下へと続く階段の踊り場で。

時間は水のように流れるのだと、円佳は思った。いつでも一定の速度で、人知れずこんこんと流れ続ける。逆流させることも、堰き止めることも、誰にもできない。

「急ぎましょうか」

「はい」

終わってしまった昼休みはどうしようもない。円佳たちはこれから始まる授業に遅れないよう、早足で階段を降りていく。

本作品は当文庫のための書き下ろしです。

本作品はフィクションであり、実在の個人・団体などとは一切関係がありません。

文芸社文庫NEO

放送室はタイムマシンにならない

二〇二〇年十一月十五日　初版第一刷発行

著　者　吉川結衣
発行者　瓜谷綱延
発行所　株式会社　文芸社
〒一六〇-〇〇二二
東京都新宿区新宿一-一〇-一
電話　〇三-五三六九-三〇六〇（代表）
〇三-五三六九-二二九九（販売）
印刷所　株式会社暁印刷

ISBN978-4-286-22094-9